Arsène Lupin

Gentleman Cambrioleur

MAURICE LEBLANC

Adaptation : Frédéric de Lavenne de Choulot

La version originale est publiée en 1907

ISBN : 9798544835837

LES AUTRES ADAPTATIONS DISPONIBLES :

https://amzn.to/3jwSZ9j

- Les Trois Mousquetaires, d'Alexandre Dumas, partie 1
- Les Fourberies de Scapin, de Molière, complet
- Arsène Lupin, de Maurice Leblanc, partie 1 et 2
- Le Comte de Monte-Cristo, d'Alexandre Dumas, partie 1
- Les Misérables, de Victor Hugo, partie 1
- Candide, de Voltaire, partie 1
- Madame Bovary, de Gustave Flaubert, partie 1
- Bel-Ami, Guy de Maupassant, partie 1
- Biographie de Napoléon, partie 1
- Les Liaisons dangereuses, Choderlos de Laclos, partie 1

ÊTRE EN CONTACT :

Peux-tu laisser un commentaire sur amazon

en cliquant ici : https://bit.ly/amazoncommentairelupin

CHAPITRES DU LIVRE :

CHAPITRE I

L'ARRESTATION D'ARSÈNE LUPIN

UN VOYAGE BIZARRE ! Il commence très bien ! Pour moi, c'est le plus beau voyage de ma vie. *La Provence* est un bateau[1] transatlantique rapide et confortable. Il est commandé par l'homme le plus gentil. Les personnes de la classe sociale supérieure sont présentes. Les passagers entrent en relations, des divertissements sont organisés. Nous avons cette impression délicieuse d'être séparés du reste de l'univers, juste entre[2] nous, comme[3] sur une île déserte. Par conséquent, les passagers deviennent intimes.

---

[1] bateau = boat
[2] entre = between
[3] comme sur = as on / like on

C'est spécial, vous ne pensez pas ? Ce groupe de personnes qui, le jour précédent, ne se connaissaient pas, et qui, durant quelques jours, entre le ciel[4] infini et l'océan immense, vont devenir intime ?

Ensemble, ils vont braver les furies de l'Océan, l'assaut terrifiant des vagues[5] ou le grand calme de l'eau.

C'est une expérience intense. Il y a des tempêtes de différentes magnitudes, la monotonie et la diversité. Cela explique peut-être pourquoi nous apprécions ces voyages.

Mais, depuis[6] quelques années, un nouvel élément augmente particulièrement les émotions du voyage. En fait, notre petite « île flottante » est connectée au reste du monde. Une connexion subsiste : c'est le télégraphe sans câble ! Des communications du continent que nous recevons d'une manière très mystérieuse ! L'imagination n'est pas capable de comprendre cela car le message invisible ne passe pas par des câbles. Pour expliquer ce nouveau miracle d'invention, le mystère est plus grand, plus poétique aussi, car on imagine le message transporté par **les ailes du vent**[7].

Pour cette raison, les premières heures, nous avons l'impression d'être escortés par cette voix[8] distante qui, de temps en temps, nous murmure des mots. Deux amis m'ont parlé grâce à cela. Dix autres, vingt autres ont transmis aux passagers, via l'espace, des tristes[9] ou joyeux « au revoir ».

---

[4] le ciel = the sky
[5] une vague = a wave
[6] depuis = since
[7] les ailes du vent = the wings of the wind
[8] une voix = a voice
[9] triste = sad ; la tristesse = sadness

Le second jour, à une certaine distance de la France, durant un après-midi tempétueux, le télégraphe nous transmet un message. Voilà approximativement son contenu[10] :

« Arsène Lupin est à bord du bateau, en première classe, cheveux blonds. Il a **une blessure[11] au bras droit**. Il voyage seul et utilise le nom de R… »

À ce moment précis, un éclair[12] violent explose dans le ciel de la nuit. Les communications sont interrompues. Le reste du message n'est pas arrivé. Il est impossible d'entendre le reste du nom qu'utilise Arsène Lupin pour se cacher[13].

Le fameux Arsène Lupin, parmi[14] nous ! Le mystérieux cambrioleur[15]. Les journaux parlent de ses exploits depuis des mois ! C'est l'énigmatique personnage avec qui l'inspecteur Ganimard, notre meilleur policier, est engagé dans un duel à mort[16] ! C'est Arsène Lupin, le fantaisiste gentleman qui opère spécialement dans les châteaux et les grands salons. Une nuit, il est entré chez le baron Schormann et il est parti **les mains vides**[17]. Il a déposé sa carte sur une table, avec cette phrase : « Arsène Lupin, gentleman-cambrioleur, juste intéressé par les beaux objets authentiques, mais je n'ai rien vu ici... » Arsène Lupin et ses costumes : un jour il est chauffeur, ténor, adolescent, sénior, marchand marseillais, docteur russe, torero espagnol !

---

[10] le contenu = the content
[11] une blessure au bras droit = an injury to the right arm
[12] un éclair = a lighting bolt
[13] se cacher = to hide (oneself)
[14] parmi nous = among us
[15] un cambrioleur = a burgler
[16] un duel à mort = a duel to death
[17] les mains vides = hands empty

Il est nécessaire de réaliser ceci : Arsène Lupin est présent avec nous, dans l'espace relativement limité d'un bateau transatlantique, dans cette petite zone où nous sommes unis à tout instant, dans cette salle de diner, dans ce salon, dans ce fumoir[18] ! Alors Arsène Lupin, c'est peut-être ce monsieur... ou celui-là[19]... la personne avec moi... mon compagnon de cabine...

- « Et cette situation va continuer cinq jours ! » déclare miss Nelly Underdown, « c'est intolérable ! Je prie[20] pour son arrestation. »

Et elle me dit directement à moi :

- « Vous, monsieur d'Andrézy, vous avez des bonnes relations avec le commandant, avez-vous des informations ? »

J'aurais[21] apprécié avoir des informations pour être aimé par miss Nelly ! C'est une magnifique créature qui attire[22] l'attention de tous. Sa beauté et sa fortune sont grandes. Elle a des admirateurs très enthousiastes.

Éduquée à Paris par une mère française, elle rejoint maintenant son père, le très riche monsieur Underdown, de Chicago. Une de ses amies, lady Jerland, l'accompagne dans ce voyage.

Immédiatement, je suis aussi candidat au flirt. Mais dans cette intimité rapide du voyage, son charme me trouble[23]. Mes émotions sont trop grandes quand elle me regarde dans les yeux pour être capable de flirter. Cependant[24], elle reçoit mes compliments de manière positive.

---

[18] fumoir = smoking room ; fumer = to smoke
[19] celui-là = this one
[20] prier = to pray
[21] j'aurais = I would have
[22] attirer = to attract
[23] troubler = to disturb

Elle rit[25] de mes commentaires et elle s'intéresse à mes anecdotes. Apparemment, elle répond avec sympathie à l'intérêt que je lui démontre.

J'ai peut-être un rival, un relativement beau garçon, élégant et introverti. À certains moments, j'ai l'impression qu'elle préfère sa personnalité discrète comparée à mon attitude plus extravertie de Parisien. Il **fait partie**[26] du groupe d'admirateurs de Miss Nelly.

Nous sommes confortablement installés. La tempête du jour précédent a nettoyé[27] le ciel. L'heure est délicieuse.

- « Je n'ai pas d'informations précises, mademoiselle, mais il est possible de conduire notre investigation, comme le vieil inspecteur Ganimard, l'ennemi personnel d'Arsène Lupin. »
- « Oh ! oh ! Vous êtes un peu prétentieux ! »
- « Et pourquoi ? Le problème n'est pas compliqué ? »
- « Très compliqué. »
- « Vous ignorez les éléments que nous avons pour résoudre le mystère. »
- « Quels éléments ? »
- « 1° Lupin utilise le nom de monsieur R… »
- « Rien de précis. »
- « 2° Il voyage seul. »
- « Cette particularité nous aide ? »
- « 3° Il est blond. »

---

[24] cependant = nevertheless
[25] rire = to laugh ; elle rit = she laughs
[26] faire partie de = to be part of
[27] nettoyer = to clean

- « Et alors ? »
- « Alors, nous avons juste à consulter la liste des passagers et procéder par élimination. »

J'ai cette liste dans ma poche[28]. Je la prends et je la lis.

- « Je note qu'il y a juste treize personnes avec l'initiale R. »
- « Juste treize ? »
- « En première classe, oui. Parmi ces treize messieurs[29] R., neuf sont accompagnés de femmes, d'enfants ou de servants. Donc il reste quatre personnes isolées : le marquis de Raverdan… »
- « Il est secrétaire d'ambassade[30]» interrompt miss Nelly, « je le connais. »
- « Le major Rawson… »
- « C'est mon oncle » dit quelqu'un.
- « M. Rivolta… »
- « C'est moi » déclare une autre personne, un Italien avec un visage caché[31] par une barbe très noire.

Miss Nelly explose de rire.

- « Monsieur n'est pas précisément blond. »
- « Alors » je dis, « nous sommes dans l'obligation de conclure logiquement que le coupable est la dernière[32] personne de la liste. »
- « Qui est-ce ? »

---

[28] poche = pocket
[29] messieurs = pluriel de « monsieur »
[30] secrétaire d'ambassade = Embassy Secretary
[31] caché = hidden ; cacher = to hide
[32] la dernière/le dernier = the latest

- « C'est M. Rozaine. Quelqu'un connaît M. Rozaine ? »

Pas de réponse. Mais je sais que c'est l'homme qui me tourmente à cause de sa présence constante à proximité de miss Nelly. Elle dit au jeune homme discret :

- « Eh bien, monsieur Rozaine, vous ne répondez pas ? »

Alors, tout le monde le regarde. Il est blond.

Je l'admets, je ressens[33] un petit choc à l'intérieur de moi-même[34]. Et le silence embarrassé m'indique que les autres personnes présentes ressentent aussi cette sorte de suffocation. C'est absurde en réalité car rien dans l'apparence de ce monsieur ne permet[35] de le suspecter.

- « Pourquoi je ne réponds pas ? » **dit-il**[36], « mais c'est parce que, avec mon nom, ma condition de voyageur seul et la couleur de mes cheveux, j'ai conduit une investigation analogue et j'arrive à un résultat identique. Donc, j'ai aussi l'opinion qu'il est nécessaire de m'arrêter. »

En prononçant ces mots, son expression faciale est étrange[37].

Bien sûr, il a dit cela pour faire de l'humour. Cependant, sa physionomie et son attitude nous impressionnent. Naïvement, miss Nelly questionne :

- « Mais vous n'avez pas de blessure ? »
- « C'est exact » dit-il, « la blessure est l'élément manquant[38]. »

---

[33] ressentir = to feel
[34] moi-même = myself
[35] permet = allows / permits
[36] l'inversion du verbe et du sujet est très utilisée pour la narration des dialogues
[37] étrange = strange
[38] manquant = missing

Avec un mouvement nerveux, il montre[39] son bras. Mais immédiatement, j'ai une pensée[40] : il a montré le bras gauche.

Mais, avant que j'ai le temps de faire le commentaire, un incident attire notre attention. Lady Jerland, l'amie de miss Nelly, arrive en courant[41].

Elle est toute paniquée. On se regroupe à proximité d'elle, et avec difficulté, elle réussit[42] à articuler :

- « Mes bijoux[43], mes perles ! Quelqu'un a tout pris ! »

C'était incorrect, comme nous l'avons appris plus tard ; c'est curieux : le voleur[44] est très sélectif !

Cette femme possède des diamants, des colliers, rubis, bracelets et bijoux. Le voleur n'a pas pris les pierres[45] précieuses les plus grosses, mais juste les plus belles, celles[46] qui ont le plus de valeur et prennent moins d'espace. Alors nous observons les colliers et les bijoux sans leurs pierres précieuses et cela ressemble à des fleurs sans leurs beaux pétales brillants et colorés.

Le voleur a fait cela durant l'heure où lady Jerland prenait le thé. Il a réussi, pendant le jour, et dans un couloir[47] très fréquenté, à fracturer la porte de la cabine et à localiser le petit sac[48] bien dissimulé ! Tous les passagers ont la même certitude : c'est Arsène Lupin. Effectivement,

---

[39] montrer = to show
[40] une pensée = a thought
[41] en courant = running (courir = to run)
[42] réussir = to succeed / to manage
[43] Bijoux = jewelry
[44] un voleur = a thief ; voler = to steal ; un vol = a robbery / a flight
[45] une pierre précieuse = a precious stone
[46] celles = those
[47] couloir = corridor
[48] un sac = a bag

c'est son mode d'opération : mystérieux, inconcevable… mais aussi logique, car, il a été beaucoup plus facile de prendre juste de petites pierres précieuses comparé à la totalité des bijoux.

Au dîner, à droite et à gauche de Rozaine, les deux places sont restées vacantes. Le soir, il a été appelé par le commandant.

Personne[49] ne questionne son arrestation, car cela réduit réellement le stress des passagers. Ce soir-là, on joue à des jeux. On danse. Miss Nelly, exprime[50] un enthousiasme spécial. Elle appréciait les compliments de Rozaine au départ[51], mais cela n'est plus important pour elle. Sa grâce me séduit totalement. Vers[52] minuit, dans la **lumière de la lune**[53], je lui déclare mon amour avec une émotion **qui semble lui plaire**[54].

Mais le jour suivant, on est informé que les charges contre[55] Rozaine ne sont pas suffisantes, il est libéré.

Il a montré des papiers parfaitement en ordre : il est le fils d'un marchand important de Bordeaux. Et ses bras n'ont pas de blessure.

- « Des papiers ! » déclarent les ennemis de Rozaine, « mais Arsène Lupin peut les falsifier facilement ! Concernant la blessure, c'est peut-être parce qu'il n'en a pas reçu... ou parce qu'il a masqué la trace ! »

---

[49] « personne » also means « nobody » when it is without articles
[50] exprimer = to express
[51] au départ = au début = at the beginning
[52] vers = towards / around
[53] la lumière de la lune = moonlight
[54] qui semble lui plaire = that seems to please her
[55] contre = against

Quelqu'un leur répond que, à l'heure du vol, Rozaine « a un alibi ». Il faisait une promenade sur le bateau. Alors, les accusateurs répondent :

- « Est-ce qu'un expert comme Arsène Lupin doit nécessairement être présent durant le vol qu'il exécute ? »

Et **au-delà de**[56] toutes autres considérations, il y a des points **sur lesquels**[57] les personnes les plus sceptiques ne peuvent pas abandonner l'accusation : uniquement Rozaine voyage seul, est blond, et a un nom qui commence par la lettre R. Le télégramme désigne sûrement Rozaine.

Et quand Rozaine, quelques minutes avant de manger, vient audacieusement en direction de notre groupe, miss Nelly et lady Jerland prennent leurs distances.

C'est la peur[58].

Une heure plus tard, une lettre passe **de main en main**[59] parmi les employés du bord, les marins, les voyageurs de toutes classes : M. Louis Rozaine offre une somme de dix mille francs à la personne qui arrivera à démasquer Arsène Lupin, ou qui arrivera à trouver la personne qui a volé les pierres.

- « Et si personne ne m'assiste contre[60] ce bandit » déclare Rozaine au commandant, « moi, je le trouverai. »

Rozaine contre Arsène Lupin, ou en réalité, Arsène Lupin contre Arsène Lupin, comme certaines personnes le disent. C'est une lutte[61] très intéressante !

---

[56] au-delà de = beyond
[57] sur lesquels = on which
[58] la peur = the fear
[59] de main en main = from hand to hand.
[60] contre = against
[61] une lutte = a fight ; lutter = to fight

Elle continue durant deux jours.

On voit Rozaine chercher[62] de droite à gauche, interroger, questionner, faire une investigation. On l'observe même[63] la nuit à continuer de chercher.

Le commandant déploie aussi une énergie très active. Le bateau *la Provence* est examiné entièrement. On entre dans toutes les cabines, sans exception, avec l'excuse très réaliste que les objets peuvent être cachés **n'importe où**[64].

- « On va découvrir quelque chose, n'est-ce pas ? » me demande miss Nelly. « Il semble être magicien mais il ne peut pas **rendre**[65] invisibles des diamants et des perles. »
- « Mais si, il peut » je réponds, « sinon, il est nécessaire d'explorer l'intérieur de nos chapeaux et de tous nos vêtements. »

Puis[66] je lui montre mon appareil photo kodak, un 9 x 12 avec lequel j'aime photographier :

- « Dans un appareil de cette dimension, par exemple, il est possible d'entrer toutes les pierres précieuses de lady Jerland. »
- « Mais je pense qu'il est impossible pour un voleur de ne laisser[67] aucune trace. »
- « Un unique voleur est capable de cela : Arsène Lupin. »
- « Pourquoi ? »

---

[62] chercher quelque chose = look for something
[63] même = even
[64] n'importe où = anywhere ; n'importe qui = whoever ; n'importe quoi = whatever
[65] rendre + adjectif = make + adjectif ; Ex : rendre invisible = to make invisible
[66] puis = then
[67] laisser = to leave

- « Pourquoi ? Car il ne pense pas juste au vol qu'il fait, mais aussi à toutes les circonstances qui pourraient arriver. »
- « Au début[68], vous étiez plus confiant dans l'objectif de le trouver. »
- « Mais après, je l'ai vu opérer. »
- « Et alors, qu'est-ce que vous pensez ? »
- « Mon opinion est que nous perdons notre temps. »

Et **en effet**[69], les investigations ne donnent aucun résultat. **En tout cas**[70], aucun résultat positif : la montre du commandant est volée.

Furieux, son ardeur redouble, et il contrôle davantage[71] Rozaine. Le jour suivant, ironie charmante, on retrouve la montre sur la table de cabine du commandant.

Tout cela montre bien l'humour d'Arsène Lupin. Il travaille par amour de sa vocation, oui, mais aussi par amusement. Il donne l'impression d'être une personne qui s'amuse avec la scène de théâtre qu'il crée, et qui, en backstage, rit beaucoup de sa création et des situations qu'il imagine.

Réellement, c'est un artiste, et quand j'observe Rozaine, nerveux et obstiné, et que je pense au double rôle qu'a sûrement ce curieux personnage, cela force mon admiration.

Il y a deux nuits, l'officier a entendu des bruits[72] à l'endroit le plus obscur du bateau. Il trouve un homme **allongé par terre**[73], la tête

---

[68] début = beginning
[69] en effet = indeed
[70] en tout cas = anyway / in any case
[71] davantage = more
[72] un bruit = a noise
[73] allongé par terre = lying on the floor

enveloppée dans un très gros bandage, les mains attachées avec une fine corde.

On le libère et on applique un traitement à ses blessures.

Cet homme, c'est Rozaine.

C'est Rozaine, attaqué durant ses expéditions, il a été volé lui aussi. Une **carte de visite**[74] est attachée à son vêtement avec ces mots :

« Arsène Lupin accepte avec gratitude les 10.000 francs de M. Rozaine. »

En réalité, le portefeuille[75] volé avait 20 000 francs.

Naturellement, on accuse l'homme infortuné d'avoir simulé cette attaque. Mais, il est impossible de s'attacher soi-même[76] de cette manière. De plus, le style d'écriture de la carte est très différent de l'écriture de Rozaine, et a une apparence similaire à celui d'Arsène Lupin. Nous avons vérifié car l'écriture d'Arsène Lupin était présente sur un journal à bord du bateau.

Donc, nous avons la confirmation que Rozaine n'est pas Arsène Lupin. Rozaine est Rozaine, fils d'un marchand de Bordeaux ! Cependant, la présence d'Arsène Lupin s'affirme **encore plus**[77] avec cet épisode terrible !

C'est la panique sur le bateau. Les gens sont effrayés[78] à l'idée de rester seuls dans les cabines, et de marcher seuls dans des endroits isolés. Avec prudence, on se regroupe entre personnes intimes. Mais

---

[74] une carte de visite = a business card
[75] le portefeuille = the wallet
[76] soi-même = oneself
[77] encore plus = even more
[78] effrayé = frightened / scared

une suspicion est toujours présente. Le problème est que la menace ne vient pas d'un individu isolé, cela serait[79] moins dangereux. Arsène Lupin maintenant c'est... c'est tout le monde. Notre imagination attribue à Arsène Lupin des capacités extraordinaires. On suppose qu'il est capable d'être déguisé avec l'apparence du respectable major Rawson ou du noble marquis de Raverdan. Alors nous sommes tous suspects.

Les messages que nous recevons par télégramme ne donnent aucune information. En tout cas, le commandant ne nous communique rien. Ce silence ne rassure pas...

Le dernier jour semble interminable. Nous sommes tous anxieux. Cette fois[80], on n'est pas effrayé d'un vol ou d'une simple agression, on prédit un crime, un meurtre[81]. On pense qu'il est impossible que ces deux actions soient[82] suffisantes pour Arsène Lupin. Arsène Lupin domine sur le bateau, les autorités sont surpassées, tout dépend de ses désirs, il contrôle tout : nos objets et nos existences.

Ce sont des moments délicieux pour moi, je le confesse, car miss Nelly a confiance en moi. Impressionnée par les évènements, car de nature nerveuse, elle cherche spontanément avec moi une protection, une sécurité. Je suis content de lui offrir.

En réalité, je dis merci à Arsène Lupin. C'est lui qui nous unit. Je lui dis merci pour ces moments de rêve[83].

---

[79] serait = would be
[80] cette fois = this time
[81] un meurtre = a murder
[82] soient = are ; French subjunctive tense is used to indicate some sort of subjectivity, uncertainty, or unreality in the mind of the speaker.
[83] un rêve = a dream

Mes rêves d'amour, je le sais, ne sont pas une offense pour Miss Nelly. Ses yeux brillants m'autorisent à rêver d'elle.

Et durant de longs moments, nous restons ensemble, et nous observons les côtes américaines à l'horizon. Les investigations sont interrompues. On attend. Tout le monde sur le bateau attend la minute suprême des explications de cette énigme insoluble. Qui est Arsène Lupin ?

Et cette minute suprême arrive. Voilà le moment mémorable.

- « Vous êtes pâle miss Nelly » je dis à ma partenaire.
- « Et vous aussi ! » elle me répond, « ah ! Vous êtes réellement changé ! »
- « Naturellement ! Cette minute est fantastique, et je suis content de la partager[84] avec vous, miss Nelly. »

Elle n'écoute pas, impatiente. Nous arrivons. Mais avant d'avoir la liberté de descendre du bateau, des personnes montent[85] à bord, des officiers, des hommes en uniformes.

Miss Nelly dit :

- « Si Arsène Lupin s'est déjà échappé[86] durant le voyage, ça ne serait même pas une surprise pour moi. »
- « Il a peut-être préféré la mort que le déshonneur, et a sauté[87] dans l'Atlantique. »
- « Ce n'est pas amusant » répond-t-elle, irritée.

Soudain, surpris, je lui dis :

---

[84] partager = to share
[85] monter = to come up
[86] échapper = to escape
[87] sauter = to jump

- « Vous voyez ce vieux[88] petit monsieur… »
- « Avec une blouse verte ? »
- « C'est Ganimard. »
- « Ganimard ? »
- « Oui, le fameux policier qui a promis d'arrêter Arsène Lupin lui-même[89]. Ah ! Je comprends pourquoi nous n'avons pas obtenu d'informations durant le voyage sur l'océan. Ganimard est là. Il préfère que personne n'interfère dans ses plans. »
- « Alors Arsène Lupin va-t-il être arrêté ? »
- « Je ne sais pas. Ganimard n'a jamais vu son visage et il est déguisé. Mais peut-être qu'il connaît sa fausse identité… »
- « Ah ! » dit-elle avec curiosité, « **si seulement**[90] il était possible pour moi de voir son arrestation ! »
- « Soyons[91] patients. Il est probable qu'Arsène Lupin ait déjà noté la présence de son ennemi. Il va préférer sortir le dernier, quand le vieux Ganimard sera fatigué. »

Les passagers commencent à descendre. Avec une expression faciale d'indifférence, Ganimard ne semble pas **faire attention**[92] à la multitude de personnes qui quittent le bateau. J'observe qu'un officier, derrière[93] lui, lui donne des informations.

---

[88] vieux = old man
[89] lui-même = himself ; moi-même = myself ; toi-même = yourself ; nous-mêmes = ourselves ; vous-mêmes = yourselves ; eux-mêmes = themselves
[90] si seulement = if only
[91] soyons = let's be (French imperative tense for the verb « être »)
[92] faire attention = to pay attention
[93] derrière = behind

Le marquis de Raverdan, le major Rawson, l'Italien Rivolta passent, et d'autres, beaucoup d'autres... Puis j'observe le tour[94] de Rozaine qui arrive.

Pauvre Rozaine ! Il paraît triste de ses mésaventures !

- « Finalement, c'est peut-être Rozaine… » me dit miss Nelly, « Qu'en pensez-vous ? »
- « Je pense qu'il serait intéressant de prendre une photographie de Ganimard et Rozaine. Prenez mon appareil. »

Je lui donne, mais il est trop tard pour l'utiliser. Rozaine passe. L'officier dit quelque chose à Ganimard, mais **ce dernier**[95] n'a pas de réaction particulière, et Rozaine continue sa route.

Mais alors, mon Dieu[96], qui est Arsène Lupin ?

- « Oui » dit-elle à **haute voix**[97], « qui est-ce ? »

Il y a encore approximativement vingt personnes. Miss Nelly les observe un par un avec la peur qu'Arsène Lupin ne soit[98] pas l'une de ces vingt personnes.

Je lui dis :

- « Nous ne pouvons plus attendre. »

Elle avance. Je la suis[99]. Mais Ganimard nous bloque le passage.

- « Quoi ? » dis-je en réaction.
- « Un instant, monsieur, vous avez une urgence ? »

---

[94] le tour = the turn ; la tour = the tower
[95] ce dernier = « the latter » referring to Ganimard in this case
[96] Dieu = God
[97] à haute voix = out loud
[98] soit = is (subjonctive tense of the verb être)
[99] je suis = I follow (dans ce contexte), c'est le verbe : suivre

- « J'accompagne mademoiselle. »
- « Un instant » il répète en adoptant **un ton**[100] plus autoritaire.

Il observe mon visage attentivement, puis il me dit :

- « Arsène Lupin ? »

Je commence à rire.

- « Non, Bernard d'Andrézy. »
- « Bernard d'Andrézy est mort il y a trois ans en Macédoine. »
- « Si Bernard d'Andrézy était mort, je ne serais pas présent ici. Voici mes papiers. »
- « Effectivement, ce sont les papiers de Bernard d'Andrézy. Vous les avez, et je sais pourquoi. »
- « Mais vous êtes fou[101] ! Arsène Lupin est monté à bord du bateau avec un nom qui commence par R. »
- « Oui, c'est aussi une de vos ruses[102], une indication erronée que vous avez communiquée sur le bateau ! Ah ! Vous êtes d'une grande intelligence dans votre nature. Mais aujourd'hui, vous n'avez pas de chance. Allez[103], Lupin, venez avec nous. »

J'hésite une seconde. Soudain, il me frappe[104] le bras droit. La souffrance m'oblige à crier. Il a frappé sur la blessure signalée par le télégramme.

Alors, je dois me résigner. Je me tourne vers miss Nelly. Elle écoute, livide, étonnée[105].

---

[100] un ton = a tone
[101] fou = crazy
[102] une ruse = un subterfuge = un stratagème
[103] allez = come on (ou « go » ; en fonction du contexte)
[104] frapper = to hit
[105] étonnée = astonished

Elle me regarde dans les yeux, puis elle regarde le kodak que je lui ai donné. Elle fait un mouvement brusque, et j'ai la certitude qu'elle comprend soudainement. À l'intérieur de l'appareil photo que je lui ai donné par précaution avant d'être arrêté par Ganimard, j'ai mis dedans[106] les 20 000 francs de Rozaine, les perles et les bijoux de lady Jerland.

À ce moment, Ganimard et ses deux compagnons m'encerclent, mais je reste indifférent à mon arrestation et à l'hostilité du public. Le seul élément qui m'intéresse vraiment est la décision de miss Nelly concernant l'appareil photo.

L'existence de cette preuve[107] contre moi ne me préoccupe pas. Le plus important pour moi est de savoir si miss Nelly va me trahir[108].

Est-ce que miss Nelly va me dénoncer et me considérer comme un ennemi ? Ou est-ce que les bons moments que nous avons passés ensemble et les souvenirs vont conserver sa sympathie et son indulgence ?

Elle passe devant moi, je m'incline pour la saluer. Elle continue sa route en direction de la passerelle, avec mon kodak.

Je pense qu'elle n'a pas le courage de s'exposer en public. C'est certainement dans une heure ou plus tard qu'elle va le donner.

Mais, quand elle arrive au centre de la passerelle, avec mouvement maladroit[109] simulé, elle **laisse tomber**[110] le kodak dans l'eau.

---

[106] j'ai mis dedans = I have put in it
[107] une preuve = proof / evidence
[108] trahir = to betray
[109] maladroit = clumsy
[110] laisser tomber = to let go / to let fall

Puis **elle s'en va**[111]. Sa belle silhouette disparaît. C'est fini, fini pour toujours.

Pendant un instant, je reste immobile, triste mais aussi pénétré par les émotions de gratitude. Cela a surpris Ganimard :

- « C'est triste de ne pas être un honnête homme… »

~ ~ ~ changement de narrateur ~ ~ ~

C'est avec ces termes qu'un soir d'hiver Arsène Lupin m'a raconté[112] son arrestation. Car nous sommes amis. Parfois[113], il vient chez moi, dans le silence de ma maison, avec sa gaieté et sa joie juvénile, son énergie, sa bonne humeur[114] d'homme pour qui, la destinée est infiniment positive.

Son portrait ? Difficile de le faire. J'ai vu Arsène Lupin vingt fois et vingt fois c'était une personne différente qui est apparue… Des images déguisées qui modifient ses caractéristiques physiques et psychologiques.

- « Moi-même » il me dit un jour, « je ne sais pas bien qui je suis. Dans un miroir, j'ai l'impression de voir une autre personne. »

En effet, il est humour et paradoxe. Les personnes ne sont pas conscientes de ses ressources infinies, sa patience, son art de la dissimulation et sa prodigieuse faculté à transformer son visage.

---

[111] elle s'en va = she leaves
[112] raconter = to tell
[113] parfois = quelquefois = sometimes
[114] l'humeur = the mood ; l'humour = humour

- « Pourquoi avoir une apparence définie ? » il demande. « Pourquoi me confronter au danger d'une personnalité toujours identique ? Mes actions me désignent d'une manière suffisante. »

Et il précise, un peu fier[115] :

- « Je préfère qu'il ne soit jamais possible de dire avec certitude : c'est Arsène Lupin. Le plus important est que les personnes disent sans erreur possible : Arsène Lupin a fait cela. »

Dans ma mémoire, j'ai les confidences qu'Arsène Lupin m'a racontées certains soirs d'hiver. J'écris simplement pour transmettre ses actes, ses aventures.

[115] fier = proud

CHAPITRE II

Arsène Lupin en prison

Un bon touriste doit connaître les **bords de la Seine**[1]. Il doit observer l'étrange petit château[2] féodal du Malaquis, positionné sur une petite île, au milieu[3] de la rivière. Un pont[4] le connecte à la route.

L'histoire du Malaquis est rude comme son nom et son apparence : ce château a connu des combats, assauts et massacres. Il a une sinistre réputation. Il y existe de mystérieuses légendes.

Aujourd'hui, le château est habité par le baron Nathan Cahorn, aussi appelé « le baron Satan » car il est devenu riche très brutalement. Les précédents seigneurs du Malaquis, ruinés, ont été dans l'obligation

---

[1] bords de la Seine = banks of the Seine
[2] château = castle
[3] le milieu = the middle
[4] un pont = a bridge

de vendre la maison de leurs ancêtres pour un très petit prix. Alors, le nouveau baron a installé ici ses admirables collections d'objets, de peintures[5] et de sculptures. Il habite seul ici, avec trois vieux servants. Personne n'y pénètre jamais. Personne n'a eu l'opportunité de contempler l'intérieur de la maison, les trois peintures de Rubens qu'il possède, ses deux peintures de Watteau et beaucoup d'autres beaux objets obtenus dans des ventes[6] publiques bien négociées.

Le baron Satan a toujours peur. Il n'a pas peur pour lui, mais pour ses trésors accumulés avec une passion tenace. Il aime ses possessions. Il les aime avec force, comme un avare[7] ; avec jalousie, comme un amoureux[8].

Tous les soirs, les quatre portes en métal qui bloquent l'entrée sont fermées avec un système très sécurisé et des alarmes électriques. De plus, la position du château au milieu de la rivière assure sa sécurité.

Un vendredi de septembre, le postier[9] arrive **comme d'habitude**[10] à l'entrée du château. Et, comme chaque[11] jour, c'est le baron qui ouvre la lourde[12] porte.

Il examine l'homme très méticuleusement **alors qu'**il[13] le connaît depuis des années, cette bonne face joyeuse de paysan. L'homme rit et lui dit :

---

[5] une peinture = a painting
[6] une vente = the sale
[7] avare = stingy / greedy
[8] un amoureux = a lover
[9] le postier = the postman
[10] comme d'habitude = as usual
[11] chaque = each
[12] lourd(e) = heavy
[13] alors que = although

- « C'est toujours moi, monsieur le baron. Je ne suis pas une autre personne déguisée. »
- « Tout est possible » murmure Cahorn.

Le postier lui donne des journaux. Puis il déclare :

- « Aujourd'hui, monsieur le baron, il y a quelque chose de nouveau. »
- « Quelque chose de nouveau ? »
- « Une lettre… »

Le baron est un homme très isolé. Il n'a pas d'amis et personne ne s'intéresse à lui. Il ne reçoit jamais de lettre. Immédiatement, cela lui paraît être un évènement négatif. Qui est ce mystérieux correspondant ?

- « Vous devez signer ici, monsieur le baron. »

Il signe la réception sans enthousiasme, puis il prend la lettre. Il attend de voir le postier disparaître, hésite un moment, et un peu anxieux, il ouvre l'enveloppe. À l'intérieur, il y a une feuille de papier avec écrit **en haut**[14] l'adresse : Prison de la Santé[15], Paris. Il regarde la signature : Arsène Lupin. Surpris, il lit :

Monsieur le baron,

Il y a, dans votre galerie, une peinture de Philippe de Champaigne d'excellente qualité. **Elle me plaît**[16] *infiniment. Vos peintures de Rubens me plaisent aussi et j'apprécie beaucoup votre plus petite peinture de Watteau. Dans votre salon de droite, je note la présence d'un cabinet de Louis XIII, les tapisseries*[17] *de*

---

[14] en haut = at the top
[15] la santé = the health ; La Santé is currently one of the three main prisons in Paris.
[16] elle me plait = I like it (~ it pleases me)
[17] tapisseries = tapestries

Beauvais, la table circulaire Empire signée Jacob. Dans le salon de gauche, je note simplement les bijoux.

Pour maintenant, j'accepte ces premiers objets avec joie. Merci de les expédier à mon nom, à gare des Batignolles[18]*, avant 8 jours… Sinon, j'organiserai moi-même leur mouvement durant la nuit du mercredi 27 au jeudi 28 septembre. Et, naturellement, si je viens, je ne prendrai pas juste les objets indiqués plus haut dans cette lettre.*

Merci d'excuser la petite complication que je vous cause, et d'accepter l'expression de mon estime et de ma gratitude.

Arsène Lupin.

P.-S. - Merci de ne pas m'envoyer le plus grand des Watteau. Je sais que vous l'ayez payé 30 000 francs mais c'est juste une copie, car l'original a été détruit après la Révolution française, par Barras[19]*. Consulter le texte : Mémoires inédits de Garat.*

Le baron Cahorn entre dans un état de panique. Si la lettre était signée d'une autre personne, cela l'aurait déjà considérablement alarmé, mais signée d'Arsène Lupin !

Étant[20] un lecteur régulier des journaux, informé de tous les évènements dans le monde concernant les vols et les crimes, il connaît les exploits de l'infernal cambrioleur. Il sait que Lupin a été arrêté récemment en Amérique par son ennemi Ganimard, et qu'il est maintenant en prison. Mais il sait aussi qu'avec Arsène Lupin, tout est possible. Cette description correcte du château, de la disposition des peintures et des objets, est une indication terrible. Comment a-t-il

---

[18] Gare des Batignolles = Batignolles train station

[19] Paul Barras was the main executive leader after the French Revolution

[20] étant = being

obtenu des informations sur l'intérieur de sa maison ? Personne n'est entré...

Le baron pense à l'impressionnante forme du château de Malaquis, son aspect impénétrable, l'eau qui l'entoure[21] et il décide de ne pas donner d'importance à la lettre. Non, réellement, il n'y a pas de danger. Personne ne peut pénétrer dans le sanctuaire inviolable de ses collections.

Personne, peut-être, mais Arsène Lupin ? Pour Arsène Lupin, est-ce qu'il existe des portes et des systèmes de sécurité ? Les obstacles très bien imaginés et les précautions très intelligentes perdent leur utilité quand Arsène Lupin décide de **passer à l'action**[22].

Alors le soir, il écrit à la police. Il transmet la lettre de menaces et demande de l'assistance et une protection.

La réponse est immédiate : Arsène Lupin est en ce moment dans la prison de la Santé, sous surveillance permanente. Il est impossible pour lui d'écrire, la lettre ne peut pas venir de lui. Tout démontre cela : la logique, le sens commun, et la réalité des faits. Cependant, par précaution, on engage[23] un expert pour examiner son écriture, et l'expert déclare que : « malgré[24] certaines analogies », cette écriture n'est pas celle d'Arsène Lupin.

« *Malgré certaines analogies* », le baron répète juste ces trois mots dans sa mémoire. Cela représente un doute pour lui qui devrait être suffisant pour que la police intervienne. Sa peur augmente. Il lit et relit

---

[21] l'eau qui l'entoure = the water that surrounds it
[22] passer à l'action = to take action
[23] engager = to hire
[24] malgré = despite

la lettre tout le temps « *j'organiserai moi-même leur mouvement* ». Et cette date précise : *la nuit du mercredi 27 au jeudi 28 septembre* !…

Soupçonneux et silencieux, il préfère ne pas discuter sur le sujet avec ses servants. Il a l'impression que leur dévotion a une certaine limite. Cependant, pour la première fois depuis des années, il a besoin de parler, d'avoir l'opinion d'une autre personne. Abandonné par la justice de son pays, il ne pense pas être capable de se défendre avec ses ressources personnelles. Il hésite à aller à Paris pour demander de l'assistance à certains anciens[25] policiers.

Deux jours passent. Le troisième jour, il lit le journal : *Le Réveil de Caudebec.* Il découvre dans un article une information qui le rend extrêmement joyeux :

Nous avons le plaisir d'avoir ici, depuis presque[26] trois semaines, l'inspecteur principal Ganimard, un des vétérans des services policiers. M. Ganimard, l'homme qui a arrêté Arsène Lupin, et qui, grâce à cela, s'est construit une réputation internationale. Il se repose[27] de ses fatigues. Il pêche[28] au bord de la Seine.

Ganimard ! Le baron Cahorn veut cet homme ! L'intelligent et patient Ganimard est la personne idéale pour l'aider contre les projets de Lupin.

Le baron n'hésite pas. Il y a six kilomètres entre le château et la petite ville de Caudebec. Il fait ce voyage avec enthousiasme, très content d'avoir trouvé cette solution.

---

[25] ancien = former / old / ancient
[26] presque = almost
[27] se reposer = to rest ; rester = to stay
[28] pêcher = to fish

Après des efforts sans résultats pour trouver l'adresse de l'inspecteur, il va en direction des bureaux du journal *le Réveil de Caudebec*, localisé au bord de la Seine. Il trouve le rédacteur de l'article qui lui répond :

- « Ganimard ? Il est très certainement sur les bords de la Seine, **en train de**[29] pêcher. C'est ici que je l'ai vu et que j'ai eu la chance de voir son nom écrit sur sa **canne à pêche**[30]. Regardez, c'est le vieux monsieur visible là-bas, sous les arbres[31] de la promenade. »
- « Avec la blouse verte ? »
- « Exactement ! Ah ! C'est une personne atypique, pas très bavarde[32] ! »

Cinq minutes plus tard, le baron s'adresse au fameux Ganimard, et essaye de commencer une conversation. Il n'y arrive pas. Alors, il décide d'expliquer clairement sa situation.

Ganimard écoute, immobile, toujours concentré sur sa canne à pêche, puis il regarde le baron et dit :

- « Monsieur, ce n'est vraiment pas une action intelligente d'informer la personne qu'on veut voler. Arsène Lupin, en particulier, ne ferait pas cette erreur. »
- « Cependant… »

---

[29] en train de + verbe infinitif = to be in the process of / to be doing
[30] canne à pêche = fishing rod
[31] un arbre = a tree
[32] bavard(e) = talkative

- « Monsieur, je n'ai pas de doutes. Dans le cas contraire, soyez[33] assuré que ce serait un plaisir pour moi de capturer encore ce cher[34] Lupin. Mais, il est en prison maintenant. »
- « Mais, s'il s'échappe ?… »
- « Impossible de s'échapper de la prison de la Santé. »
- « Mais lui… »
- « Pour lui aussi. »
- « Cependant… »
- « Dans le cas où il s'échappe, pas de problème, je peux le capturer encore. Pour le moment, soyez tranquille. »

La conversation est terminée. Le baron retourne chez lui, un peu tranquillisé par l'assurance de Ganimard. Il vérifie ses systèmes de sécurité, il espionne[35] ses servants, et 48 heures se passent. Pendant ce temps, il arrive presque à se persuader que ses craintes[36] sont chimériques. Non, vraiment, comme l'a dit Ganimard, on n'informe pas à une personne qu'on veut la voler.

C'est bientôt le jour-j[37]. Mardi matin, le jour précédent le mercredi 27, rien de particulier.

Mais à trois heures, un enfant sonne à la porte. Il apporte[38] un message.

Je n'ai rien reçu en gare de Batignolles. Préparez-vous pour demain soir. Arsène.

---

[33] soyez (impératif du verbe être) = be
[34] cher + personne = dear + person
[35] espionner = to spy
[36] une crainte = une peur
[37] Jour-j = D-day
[38] apporter = to bring

Encore une fois, il est très bouleversé[39] et effrayé. Il hésite à accepter de faire **ce que**[40] demande Arsène Lupin.

Il court à Caudebec. Ganimard pêche au même endroit, assis sur une chaise. Le baron lui donne le télégramme.

- « Et alors ? » dit l'inspecteur.
- « Alors ? Mais c'est pour demain ! »
- « Quoi ? »
- « Le vol de mes collections ! »

Ganimard le regarde, et, avec un ton[41] impatient, il déclare :

- « Vraiment ! Est-ce que vous vous imaginez que je vais m'occuper[42] de cette histoire stupide ! »
- « Quelle compensation demandez-vous pour être au château la nuit du 27 au 28 septembre ? »
- « Rien, laissez-moi tranquille. »
- « Fixez votre prix, je suis riche, extrêmement riche. »

La brutalité de l'offre déconcerte Ganimard qui répond, plus calme :

- « Je suis ici en vacances[43] et je n'ai pas l'autorisation d'opérer… »
- « Je ne dirai rien à personne. Je promets de garder le silence. »
- « Oh, j'ai dit non ! »
- « Je vous offre 3 000 francs. »

---

[39] bouleversé = overwhelmed
[40] ce que = what
[41] un ton = a tone
[42] s'occuper de = to take care / to look after
[43] vacances = vacations

L'inspecteur réfléchit.

- « Ok, j'accepte. Mais je vous préviens[44], juste par honnêteté, que vous allez perdre votre argent pour rien. »
- « Ce n'est pas un problème. »
- « Dans ce cas… j'accepte. C'est vrai qu'il est nécessaire d'être attentif avec le terrible Lupin ! Il a probablement beaucoup de partenaires… Êtes-vous sûr de vos servants ? »
- « Pas vraiment… »
- « Alors, nous organiserons nos opérations sans leur assistance. Je vais appeler deux collègues et amis. Cela nous donnera plus de sécurité… Maintenant, partez[45], on ne doit pas nous voir ensemble. À demain, vers[46] neuf heures. »

Le jour suivant, date annoncée par Arsène Lupin, le baron Cahorn fait une promenade autour[47] du Malaquis. Rien d'étrange n'attire son attention.

Le soir, à huit heures et demie, il demande à ses servants de partir. Ils habitent dans une partie isolée du château. **Une fois qu'**il[48] est seul, il ouvre doucement les quatre portes. Après un moment, il entend des pas[49].

C'est Ganimard avec ses deux partenaires, des grands hommes solides et musclés. Ganimard demande certaines informations. Il a observé l'organisation du château, il ferme méticuleusement et barricade

---

[44] prévenir = to warn
[45] partir = to leave/to go
[46] vers = around (dans ce contexte)
[47] autour = around
[48] une fois que = once / after
[49] un pas / des pas = steps

toutes les entrées possibles. Il examine les murs[50] et les tapisseries, puis il installe ses agents dans la galerie centrale.

- « Nous devons être concentrés s'il vous plaît. Nous ne sommes pas ici pour dormir. Dans le cas d'une alerte, appelez-moi immédiatement. Attention aussi à surveiller la rivière. Pour des bandits comme eux[51], cela ne représente pas une si grande barrière. »

Il ferme la porte, garde les clés[52], et dit au baron :

- « Et maintenant, allons à notre poste. »

Il a choisi, pour y passer la nuit, une salle avec deux fenêtres[53] : une vue sur le pont, et vue sur le jardin. Dans cet espace, il y a aussi un puits[54].

- « Vous m'avez expliqué, monsieur le baron, que ce puits est l'unique entrée souterraine[55], et qu'elle est bien fermée ? »
- « Oui. »
- « Donc, **à part si**[56] Arsène Lupin connaît une autre entrée que nous ne connaissons pas (la probabilité est très petite), nous sommes tranquilles. »

Il s'installe sur une chaise et dit :

- « Sérieusement, monsieur le baron, c'est parce que je désire vraiment construire un étage[57] pour la maison où je veux **prendre ma retraite**[58] que j'accepte un travail si simple.

---

[50] les murs = the walls
[51] comme eux = like them
[52] les clés = the keys
[53] une fenêtre = a window
[54] un puits = a well
[55] souterraine = subterranean / underground (sous = under ; terrain = ground)
[56] à part si = except if
[57] un étage = a floor

Quand je vais raconter l'histoire à l'ami Lupin, il rira beaucoup. »

Le baron ne rit pas. L'oreille attentive, le silence ne le tranquillise pas, au contraire. De temps en temps, il regarde le puits.

Onze heures, minuit, une heure. Le temps passe.

Soudain, il prend le bras de Ganimard pour le réveiller.

- « Vous entendez ? »
- « Oui. »
- « Qu'est-ce que c'est ? »
- « C'est moi, je ronfle[59] ! »
- « Mais non, écoutez… »
- « Ah ! Parfaitement, c'est le klaxon d'une automobile. »
- « Et donc ? »
- « Et donc ! Il est improbable que Lupin utilise une automobile pour attaquer votre château. Pour cette raison, monsieur le baron, il est préférable de dormir… Bonsoir. »

Ce bruit[60] est le seul de la soirée. Ganimard peut continuer de dormir, et le baron peut continuer de l'entendre ronfler.

Le matin, ils sortent de la salle. Une atmosphère tranquille enveloppe le château. Cahorn est très content, Ganimard toujours calme, ils montent à l'étage. Pas de bruit. Rien de suspect.

- « Vous voyez, monsieur le baron ? Finalement, je sens que j'ai fait une erreur en acceptant… Je suis embarrassé… »

---

[58] prendre sa retraite = to retire
[59] ronfler = to snore
[60] un bruit = a noise

Il prend les clés et entre dans la galerie.

Les deux agents dorment sur des chaises.

- « Oh mon Dieu ! » crie[61] l'inspecteur.

Au même moment, le baron crie :

- « Les peintures !... le cabinet !... »

Une émotion extrêmement forte saisit[62] le baron. Il panique, il suffoque, il désigne avec la main les endroits[63] habituels des objets volés. Le Watteau, disparu ! Les Rubens, volés ! Les tapisseries ! Les bijoux !

- « Et mes chandeliers Louis XVI !... et le chandelier du Régent ! »

Il court d'un endroit à l'autre, accablé[64], désespéré. Il commente les prix de chaque objet, il fait le calcul de la somme[65] qu'il a perdu, tout cela dans la confusion. Il prononce des mots inintelligibles et il est furieux.

Quelque chose qui pourrait le consoler, serait de voir la stupeur, ou une réaction de Ganimard. Mais l'inspecteur ne fait aucun mouvement. Il paraît pétrifié, il examine. Les fenêtres ? fermées. Les systèmes de sécurité ? Aucun déclenchement[66]. Le plafond[67] est intact. Tout est parfaitement en ordre. Tout cela a sans doute été accompli méthodiquement, grâce à un plan inexorable et logique.

---

[61] crier = to scream
[62] saisir = to seize
[63] un endroit = a place
[64] accablé = bouleversé = overwhelmed
[65] la somme = the sum
[66] déclenchement / déclencher = trigger
[67] le plafond = the ceiling

- « Arsène Lupin… Arsène Lupin » il murmure, démoralisé.

Soudain, il crie sur les deux agents, furieux, il les insulte. Mais ils continuent à dormir !

- « Oh mon Dieu » il dit, « est-ce possible que ?… »

Il les observe avec attention : non, ils ne sont pas morts.

Il dit au baron :

- « Ils dorment, mais ce n'est pas naturel. Quelqu'un leur a sûrement donné des médicaments pour cela. »
- « Mais qui ? »
- « Eh ! lui, évidemment !… ou ses partenaires, mais sous ses ordres. C'est sa manière d'opérer. Je peux voir sa signature. »
- « Je suis perdu, il n'y a rien à faire ! »
- « Rien à faire. »
- « Mais c'est terrible, c'est horrible. »
- « **Soumettez une plainte**[68] au commissariat de police. »
- « Est-ce réellement efficace ? »
- « Mon Dieu ! Essayez… la police a des ressources… »
- « La police ! Mais regardez vous-même ! Vous pouvez chercher des traces, découvrir quelque chose, mais vous restez immobile ! »
- « Découvrir quelque chose, avec Arsène Lupin ..! Mais monsieur, Arsène Lupin ne laisse aucune trace ! Arsène Lupin est extrêmement méticuleux ! Je réalise que, peut-être, son arrestation par moi en Amérique était intentionnelle ! »

---

[68] soumettre une plainte = to submit a complaint

- « Alors, je dois renoncer à mes peintures, à tout ?! Mais il m'a volé les plus beaux objets de ma collection ! Je donnerais beaucoup d'argent pour les récupérer. Si rien n'est possible contre lui, alors Arsène Lupin peut me donner son prix ! »

Ganimard le regarde et dit :

- « C'est intéressant. Est-ce que vous êtes sûr ? »
- « Oui, oui. Mais pourquoi ? »
- « J'ai une idée. »
- « Quelle idée ? »
- « Nous pourrons en discuter si l'investigation n'est pas un succès… Pour le moment, ne communiquez rien sur moi, pour que je réussisse. »

Puis il murmure embarrassé :

- « Et puis, pour être honnête, je ne suis pas fier[69] de cette opération. »

Les deux agents se réveillent. Ils sont confus et surpris et cherchent à comprendre la situation. Ganimard les questionne, mais ils n'ont aucune mémoire des évènements.

- « Mais, vous avez vu quelqu'un ? »
- « Non. »
- « Vous n'avez pas de souvenirs[70] ? »
- « Non, non. »
- « Et vous n'avez pas bu[71] ? »

---

[69] fier = proud
[70] Un souvenir = a memory
[71] boire = to drink ; bu = drank

Ils réfléchissent, et **l'un d'eux**[72] répond :

- « Si, moi j'ai bu un peu d'eau. »
- « De l'eau de cette carafe ? »
- « Oui. »
- « Moi aussi » déclare le second.

Ganimard inspecte la carafe et boit un peu de cette eau. Elle n'a pas de gout[73] spécial, aucune odeur[74].

- « Nous perdons notre temps » dit-il, « en 5 minutes, on ne peut pas résoudre les énigmes causées par Arsène Lupin. Mais, je promets de le capturer encore. »

Le même jour, une plainte[75] concernant le vol est soumise par le baron Cahorn contre Arsène Lupin, détenu à la prison de la Santé !

Cette plainte, le baron la regrette souvent car à cause d'elle, le Malaquis est visité par des policiers, le procureur, le juge, des journalistes, et beaucoup d'autres curieux indésirables.

L'affaire passionne déjà l'opinion publique. Les conditions sont extraordinaires, le nom d'Arsène Lupin excite les imaginations. Des histoires fantaisistes[76] sont écrites dans les journaux et sont crues[77] par le public.

La lettre envoyée par Arsène Lupin au début de cette affaire a été publiée par le journal l'*Écho de France* (personne ne sait qui a communiqué le texte). Cette lettre, qui a informé en avance le vol du

---

[72] l'un d'eux = one of them
[73] un gout= a taste ; gouter = to taste
[74] une odeur = a smell
[75] une plainte = a complaint
[76] fantaisiste = fanciful / fantasy
[77] croire = to believe / to trust ; crues = believed

baron Cahorn, a causé une émotion considérable dans le public. Immédiatement après, des explications improbables sont proposées. On mentionne l'existence d'un souterrain secret, et la justice, influencée, dirige les investigations dans cette direction.

On cherche dans le château entier. On inspecte toutes les pierres. On étudie chaque détail de la maison du baron et même toute l'île sur laquelle elle est située. C'est sans succès.

On ne découvre pas de trace des souterrains. Il n'existe pas de passage secret.

« Oui mais » la population argumente, « des objets et des peintures ne peuvent pas disparaître de cette manière. Les cambrioleurs doivent utiliser des portes et des fenêtres. Comment sont-ils entrés ? »

Le tribunal, incapable de trouver la solution dans cette affaire, sollicite l'assistance d'agents parisiens : M. Dudouis, le chef de la police, envoie ses meilleurs détectives. Il va même **en personne**[78] 48 heures au Malaquis. Mais il n'a pas plus de succès.

Finalement, on appelle encore l'inspecteur Ganimard qui a de l'expérience avec les méthodes d'Arsène Lupin.

Ganimard écoute attentivement les instructions de son supérieur, puis il déclare :

- « Je pense que c'est une erreur de chercher dans le château. La solution n'est pas ici. »
- « Alors, où est la solution ? »
- « Arsène Lupin est la solution de cette énigme. »

---

[78] en personne = in person

- « Arsène Lupin est la solution !? Si vous supposez cela, c'est que vous admettez son intervention. »
- « Je l'admets. Je considère que c'est une certitude. »
- « Ganimard, c'est absurde. Arsène Lupin est en prison. »
- « Arsène Lupin est en prison, oui. Il est surveillé, c'est la réalité. Mais, il pourrait avoir les pieds et les mains attachés, cela ne changerait pas mon opinion. »
- « Et pourquoi cette certitude ? »
- « Parce que, Arsène Lupin est la seule personne capable d'organiser une intrigue aussi parfaite. »
- « Vous exagérez dans vos mots, Ganimard ! »
- « Ces mots sont des réalités. Il n'est pas nécessaire de chercher un souterrain, des entrées secrètes, et autres simplicités de ce type. Notre homme emploie des méthodes plus modernes. C'est un homme qui a une vision. »
- « Quelle est votre conclusion ? »
- « Ma conclusion est de vous demander l'autorisation de **passer une heure**[79] avec lui. »
- « Dans sa cellule de prison ? »
- « Oui. Pendant le voyage de retour d'Amérique, nous avons développé une excellente relation. Je peux affirmer qu'il a de la sympathie pour moi. S'il peut m'informer sans complications pour lui, je pense qu'il va le faire. »

[79] passer une heure = to spend an hour

Il est un peu plus de midi[80] au moment où Ganimard entre dans la cellule d'Arsène Lupin. Celui-ci, sur son lit, le regarde et crie de joie.

- « Ah ! C'est une réelle surprise. Mon cher Ganimard, ici ! »
- « C'est moi. »
- « Je désire différentes choses pendant mon séjour[81] ici en prison, que j'ai choisi… mais aucune n'est plus passionnante que de te voir. »
- « Tu es trop aimable. »
- « Mais non, mais non, j'ai beaucoup d'estime pour toi. »
- « Et je suis fier de cela. »
- « J'ai toujours affirmé : Ganimard est notre meilleur détective. Il a presque la valeur[82] – tu vois, je suis franc – il a presque la valeur de Sherlock Holmes. Mais, vraiment, je suis désolé, j'ai juste cette chaise en métal à t'offrir. Et rien à boire ! pas un verre de bière ! Excuse-moi, je suis là juste pour un temps court. »

Ganimard s'assoit[83] et sourit[84], et le prisonnier continue, content de parler :

- « Je suis vraiment content de pouvoir observer le visage d'un homme honnête ! Je suis fatigué de toutes ces personnes qui m'espionnent, qui inspectent 10 fois par jour mes poches et ma

[80] midi = noon ; demi = half ; milieu = middle
[81] mon séjour = my stay
[82] il a presque la valeur = he almost has the value
[83] s'asseoir = to sit down
[84] sourir = to smile

cellule, pour vérifier que je ne prépare pas une évasion. Le gouvernement m'adore vraiment, il veut me garder[85] ici ! »

- « Il a raison. »
- « Mais non ! je serais très content si on m'autorisait à vivre tranquillement **dans mon coin**[86] ! »
- « Avec l'argent des autres. »
- « Oui, ce serait vraiment plus simple ! Mais je bavarde, je dis des bêtises[87], et tu as peut-être d'autres choses à faire. Parlons de ce qui est important, Ganimard ! Pourquoi tu me fais l'honneur de cette visite ? »
- « L'affaire Cahorn » déclare Ganimard, directement.
- « Attends... ! Une seconde… J'ai beaucoup d'affaires en même temps ! Il est nécessaire que je cherche dans mon cerveau[88] le dossier[89] de l'affaire Cahorn… Ah, oui, l'affaire Cahorn, château du Malaquis… Deux Rubens, un Watteau, et quelques objets sans valeur. »
- « Sans valeur ! »
- « Oh ! oui, cette affaire est d'une importance médiocre. Il y a mieux ! Mais si l'affaire t'intéresse… Parle, Ganimard. »
- « Est-ce que je dois t'expliquer où nous sommes dans l'investigation ? »

---

[85] garder = to keep
[86] dans mon coin = in my corner
[87] une bêtises = une stupidité (synonymes)
[88] le cerveau = the brain
[89] le dossier = the file / folder

- « Ce n'est pas nécessaire. J'ai lu le journal ce matin. Je peux même te préciser que vous n'êtes pas très rapide. »
- « C'est exactement la raison pour laquelle je m'adresse à toi. »
- « Je suis à tes ordres. »
- « Pour commencer : l'affaire a effectivement été conduite par toi ? »
- « De A à Z. »
- « La lettre au baron aussi ? Le télégramme ? »
- « Oui, cela vient de moi. Je pense que j'ai ici les reçus[90] de la poste. »

Arsène ouvre le tiroir[91] de sa petite table et prend deux papiers à l'intérieur puis les donne à Ganimard.

- « Oh mais ! » il dit, « tu es surveillé constamment et on vérifie tes vêtements **pour un oui ou pour un non**[92]. Mais tu reçois et lis le journal, tu envoies des lettres, tu obtiens les reçus de la poste… »
- « Eh oui ! Ces gens sont vraiment idiots ! Ils cherchent dans mes vêtements pendant des heures, regardent tous les détails… Ils ont l'idée qu'Arsène Lupin est suffisamment stupide pour choisir un endroit aussi simple pour cacher ses objets. »

Ganimard, amusé, s'exclame :

- « Tu es vraiment un homme marrant[93] ! Tu me surprends[94] toujours. Allez, raconte-moi l'aventure. »

---

[90] un reçu = a receipt
[91] le tiroir = the drawer ; tirer = to draw / to pull
[92] expression : « pour un oui ou pour un non » = for anything, all the time
[93] marrant = amusant

- « Oh ! Oh ! Tu es rapide ! Tu me demandes de te révéler tous mes secrets… de t'expliquer tous mes stratagèmes?.. **C'est très grave**[95]. »
- « J'ai pensé que tu pouvais m'aider ? »
- « Ok, Ganimard, si tu insistes… »

Arsène Lupin fait quelques pas, puis s'arrête :

- « Que penses-tu de ma lettre au baron ? »
- « Je pense que tu as fait cela pour t'amuser, juste pour impressionner tout le monde. »
- « Ah ! Voilà, impressionner tout le monde ! Eh bien, en fait, Ganimard, je pensais que tu étais plus intelligent. Est-ce que je perds mon temps avec des actions puériles, moi, Arsène Lupin ?! J'ai écrit cette lettre car elle était nécessaire pour voler le baron. Tu dois comprendre, toi et les autres, que cette lettre est le point de départ indispensable, l'élément essentiel de toute la machination. Hmm... nous pouvons procéder dans l'ordre. Imaginons que nous préparions ensemble, si tu veux, le cambriolage du Malaquis. »
- « Je t'écoute. »
- « Ok, considérons un château rigoureusement fermé, barricadé, comme celui du baron Cahorn. Serait-il normal d'abandonner et de renoncer à des trésors que je veux, juste parce qu'ils sont dans un château qui est jugé inaccessible ? »
- « Évidemment non. »

---

[94] verbe : surprendre = to surprise
[95] c'est grave = c'est sérieux

- « Devrais-je attaquer le château, comme dans le passé, avec une **armée de guerriers**[96] ? »
- « Ça serait bizarre ! »
- « Devrais-je entrer discrètement ? »
- « Impossible. »
- « La seule stratégie, l'unique je pense, c'est que le baron m'invite dans son château. »
- « La stratégie est originale. »
- « Et vraiment simple ! Supposons que le baron reçoive une lettre, **l'avertissant**[97] **que** Arsène Lupin, un cambrioleur réputé, prépare un vol contre lui. Quelle va être sa réaction ? »
- « Il va contacter la police. »
- « Et la police va se moquer de lui, puisque[98] *Arsène Lupin est en ce moment dans la prison de la Santé, sous surveillance permanente.* Donc, le baron devient très anxieux et stressé, et veut absolument demander de l'assistance. »
- « C'est une évidence[99]. »
- « Puis, il lit plus tard dans un journal qu'un policier fameux est en vacances dans la ville voisine[100]… »
- « Il va s'adresser à ce policier. »
- « C'est correct. Alors, supposons que pour anticiper cette réaction inévitable, Arsène Lupin demande à un de ses bons

[96] une armée de guerriers = an army of warriors ; une guerre = a war
[97] l'avertissant que = warning him that ; avertir = to warn
[98] puisque = parce que
[99] c'est une évidence = it's obvious ; an evidence = une preuve
[100] un(e) voisin(e) = neighbour

amis de déménager[101] à Caudebec, et de rencontrer un journaliste du *Réveil,* le journal **auquel**[102] le baron **est abonné**[103], en disant qu'il est le fameux policier, que va-t-il arriver ? »

- « Le journaliste va annoncer dans *Le Réveil* la présence à Caudebec du policier. »
- « Parfait, alors il y a deux possibilités : **soit**[104] le baron ne fait rien, (c'est peu probable), **soit**, il tombe dans le piège[105] (et c'est l'hypothèse la plus crédible). Et le baron Cahorn va implorer l'aide de mon ami ! »
- « C'est de plus en plus original. »
- « Naturellement, premièrement, le faux-policier refuse de l'assister. Puis, arrive un autre télégramme d'Arsène Lupin. Le baron est effrayé et implore encore mon ami. Il lui offre une somme d'argent importante. Mon ami accepte, et prend avec lui deux partenaires. Pendant la nuit, Cahorn est surveillé en permanence par son faux-protecteur. Les deux partenaires organisent le transfert des objets par la fenêtre grâce à une corde, pour les descendre dans un petit bateau. **C'est simple comme bonjour**[106]. »
- « Et c'est merveilleux » s'exclame Ganimard, « l'idée est excellente, avec une grande attention aux détails. Mais je ne

---

[101] déménager = to move out
[102] auquel = which
[103] être abonné = to be subscribed
[104] soit… soit... = either… or...
[105] tomber dans le piège = to fall into the trap
[106] expression : « c'est simple comme bonjour » = c'est très simple

connais pas un policier suffisamment fameux capable d'attirer l'attention du baron de cette manière. »

- « Il y en a un, et il en a juste un. »
- « Lequel ? »
- « Le plus fameux de tous, l'ennemi personnel d'Arsène Lupin, l'inspecteur Ganimard. »
- « Moi ! »
- « Toi-même, Ganimard. Et voilà ce qui est délicieux : si tu vas là-bas et que le baron accepte de te parler, tu vas découvrir que ta mission est de t'arrêter toi-même, comme tu m'as arrêté en Amérique. Ah ! La revanche[107] est comique : je fais arrêter Ganimard par Ganimard ! »

Arsène Lupin rit avec joie. Mais l'inspecteur est vexé[108].

Un gardien vient donner le repas[109] d'Arsène Lupin. Par faveur spéciale, on lui apporte du restaurant voisin. Le gardien dépose le repas sur la table, et quitte la cellule. Arsène s'assoit sur sa chaise, commence à manger un peu puis il continue :

- « Mais tu peux être tranquille, mon cher Ganimard, il n'est pas nécessaire pour toi d'aller voir le baron. Je vais te révéler une information qui va être surprenante[110] pour toi : le cas Cahorn va être fermé dans très peu de temps. »
- « Quoi ? »
- « Le cas va être fermé dans très peu de temps, je répète. »

---

[107] la revanche = the revenge
[108] vexé = offensé
[109] le repas = the meal
[110] surprenante = surprising

- « Je ne le crois pas, j'ai parlé **à l'instant**[111] avec le chef de la police. »
- « Et donc ? Est-ce que M. Dudouis a plus d'informations que moi sur moi-même ? Tu apprendras que Ganimard – excuse-moi, je **veux dire**[112] – que le pseudo-Ganimard a conservé une très bonne relation avec le baron. Le baron a demandé à mon ami de négocier avec moi une transaction. C'est la raison principale pour laquelle il n'a pas expliqué toute l'histoire à la police. En fait, cela est en train de se passer maintenant. Il est probable que le baron ait déjà payé et récupéré ses objets. En échange, il va annuler sa plainte[113]. Donc, ce ne sera plus considéré comme un vol. Le tribunal va devoir abandonner ce cas… »

Ganimard regarde le prisonnier avec surprise :

- « Et comment sais-tu tout cela ? »
- « Je viens de recevoir le message. »
- « Tu viens de recevoir un message ? »
- « Oui, à l'instant, cher ami, avec le repas. Par courtoisie, je n'ai pas commencé à le lire en ta présence. Mais si tu m'autorises… »
- « Tu te moques de moi, Lupin. »
- « Accepte, mon cher ami, d'ouvrir cet œuf[114]. Tu vas réaliser toi-même que je ne me moque pas de toi. »

---

[111] à l'instant = juste maintenant
[112] je veux dire = I mean
[113] sa plainte = his complaint
[114] un oeuf = an egg

Sans réfléchir, Ganimard obéit, et casse[115] l'œuf avec un couteau. Il crie de surprise. L'œuf vide[116] contient un papier bleu. C'est un télégramme. Il lit :

Accord conclu. Cent mille francs. Tout va bien.

- « Cent mille francs ? » dit-il.
- « Oui, cent mille francs ! C'est peu, mais les temps sont difficiles… Et j'ai des frais[117] très importants ! Mon budget est énorme… un budget de grande ville ! »

Ganimard se lève. Sa mauvaise humeur est passée. Il réfléchit quelques secondes, il repense[118] toute l'affaire dans sa globalité, pour chercher une faiblesse[119]. Puis il déclare avec un ton admiratif :

- « La seule chose positive est qu'il n'existe pas deux Arsène Lupin, sinon ça serait trop. »

Arsène Lupin répond avec un ton modeste :

- « Oh, tu sais, j'ai juste voulu m'occuper[120] un peu… et ce vol est un succès justement[121] parce que je suis en prison. »
- « Comment ! » s'exclame Ganimard, « le tribunal, ta défense, tout cela n'est pas suffisant pour toi, pour être occupé ? »
- « Non, car j'ai décidé de ne pas être présent au tribunal. »
- « Oh ! Oh ! »

Arsène Lupin répète avec calme :

---

[115] casser = to break
[116] vide = empty
[117] des frais / des coûts = fees / costs
[118] repenser = rethink
[119] une faiblesse = a weakness
[120] s'occuper = to keep busy (/ to take care, dans un autre contexte)
[121] justement = precisely

- « Je ne vais pas être présent au tribunal. »
- « Vraiment ! »
- « Ah, mon cher, tu imagines que je vais passer ma vie en prison ? Tu m'offenses. Arsène Lupin reste en prison juste le temps qu'il le désire, et pas une minute de plus. »
- « **Il aurait été plus logique**[122] de ne pas y entrer » répond l'inspecteur avec un ton ironique.
- « Ah ! monsieur se moque ? Monsieur a en mémoire qu'il a eu l'honneur de procéder à mon arrestation ? Note, mon respectable ami, que personne ne peut m'arrêter, toi inclus. Mais j'avais un intérêt beaucoup plus important à ce moment critique. »
- « Bien sûr. »
- « Une femme me regardait, Ganimard, et je l'aimais. Comprends-tu l'importance d'être regardé par une femme qu'on aime ? Le reste était moins important, je te le promets. Et c'est pourquoi je suis ici. »
- « Autorise-moi à remarquer que tu restes ici depuis longtemps. »
- « J'avais besoin[123] d'oublier[124]. Ne ris pas : l'aventure a été charmante, je la garde dans ma mémoire avec une émotion particulière… Et puis, je suis un peu dépressif ! La vie est si difficile à notre époque ! Il est nécessaire, à certains moments, de s'isoler pendant une certaine période pour faire une cure.

[122] il aurait été plus logique = it would have made more sense ; it makes sense = c'est logique
[123] avoir besoin = to need
[124] oublier = to forget

Cette prison est fantastique pour cela. On pratique la cure de la Santé avec rigueur. »

- « Arsène Lupin » dit Ganimard, « tu te moques vraiment de moi. »
- « Ganimard » affirme Lupin, « nous sommes aujourd'hui vendredi. Ce mercredi, je pourrai aller fumer[125] mon cigare chez toi, rue Pergolèse, à quatre heures de l'après-midi. »
- « Arsène Lupin, je vais t'attendre. »

Ils se disent au revoir comme deux amis qui ont une estime et un respect mutuels, et le vieux policier va en direction de la porte.

- « Ganimard ! »

Celui-ci se retourne[126].

- « Quoi ? »
- « Ganimard, tu oublies ta montre[127]. »
- « Ma montre ? »
- « Oui, elle est dans ma poche. »

Il la lui redonne et s'excuse.

- « Pardonne-moi… c'est une mauvaise habitude… Ils m'ont pris ma montre, mais ce n'est pas une raison pour te voler la tienne. De plus, j'ai déjà ici une belle montre qui me satisfait complètement. »

Il prend dans le tiroir de sa petite table une large montre **en or**[128], brillante avec une grosse chaîne.

---

[125] fumer = to smoke
[126] celui-ci se retourne = this one turns around
[127] une montre = a watch ; montrer = to show
[128] en or = in gold

- « Et cette montre, dans quelle poche tu l'as prise ? » demande Ganimard.

Arsène Lupin examine avec négligence les initiales gravées sur la montre :

- « J. B… Qui est-ce ? J'ai oublié… Ah, oui ! Jules Bouvier, mon juge, un homme charmant… »

CHAPITRE III

L'ÉVASION D'ARSÈNE LUPIN

Après son repas terminé, Arsène Lupin prend dans sa poche un beau cigare et l'examine avec satisfaction. La porte de la cellule s'ouvre. Il a juste le temps de le déposer dans le tiroir et de s'éloigner[1] de la table. Le gardien entre, c'est l'heure de la promenade.

- « Je t'ai attendu mon cher ami » s'exclame Lupin, toujours de bonne humeur[2].

Ils sortent. Juste quelques secondes plus tard, deux hommes pénètrent dans la cellule et commencent à l'examiner méticuleusement. Ces deux hommes sont l'inspecteur Dieuzy et l'inspecteur Folenfant.

---

[1] s'éloigner = to move away ; loin = away
[2] l'humeur = the mood ; l'humour = humour

On veut arrêter cette farce. Il n'y a pas de doute : Arsène Lupin conserve des contacts dehors[3] et communique avec ses partenaires. La veille[4] encore, le *Grand Journal* a publié ces lignes :

Monsieur,

Dans un article publié récemment, vous écrivez des affirmations totalement injustifiables sur moi. Quelques jours avant le début de mon jugement, je vais aller vous ***rendre visite***[5] *pour vous demander des explications.*

Sincèrement et respectueusement,

Arsène Lupin.

L'écriture est d'Arsène Lupin. Il continue de transmettre et de recevoir des lettres. Donc, il est certain qu'il prépare cette évasion annoncée par lui-même avec arrogance.

La situation devient intolérable. **Suite à**[6] une conversation avec le juge, le chef de la police, M. Dudouis va lui-même à la prison de la Santé pour exposer au directeur de la prison les mesures qu'**il faut**[7] établir. Et, quand il arrive, il envoie immédiatement deux hommes dans la cellule du prisonnier.

Ils inspectent entièrement la cellule : le lit[8], l'intérieur des murs, dans tous les détails... et finalement, ils ne découvrent rien. Au moment où ils sont prêts[9] à partir, le gardien entre dans la cellule et leur dit :

---

[3] dehors = à l'extérieur
[4] la veille = le jour précédent
[5] en français, on dit : « rendre visite » à une personne ; « visiter » un endroit
[6] suite à = following ; suivre = to follow
[7] il faut = il est nécessaire de
[8] le lit = the bed
[9] être prêt = to be ready

- « Le tiroir… regardez dans le tiroir de la table. Quand je suis entré, il me semble qu'Arsène Lupin l'a fermé rapidement. »

Ils regardent, et l'inspecteur Dieuzy crie :

- « Oh mon Dieu, aujourd'hui nous avons finalement des éléments contre Arsène Lupin ! »
- « Et, devons-nous prendre ce magnifique cigare ? »
- « Laisse le havane et allons donner nos informations au chef. »

Deux minutes plus tard, M. Dudouis explore le tiroir. Il trouve d'abord[10] des articles de journaux découpés[11] de l'*Argus de la Presse* et qui concernent Arsène Lupin, du tabac, une pipe, du papier carbone, et deux livres.

Il regarde les titres. Il y a : le *Culte des héros*, de Carlyle, édition anglaise, et un très beau livre avec une magnifique page de couverture : le *Manuel d'Épictète*, traduction allemande publiée à Leyde en 1634. Il observe que toutes les pages **sont pleines de**[12] marques, signes et annotations.

- « Nous allons analyser cela en détail » dit M. Dudouis.

Il regarde attentivement la pipe et le tabac. Puis, il prend le très cher cigare :

- « Il profite[13] bien, notre ami » s'exclame-t-il, « c'est un cigare Henri Clay ! »

D'un mouvement expert de fumeur[14], il commence à le manipuler. Et immédiatement, **un évènement surprenant**[15] se passe.

---

[10] d'abord = first / firstly
[11] couper / découper = to cut
[12] sont pleines de = are full of
[13] profiter = to enjoy

Le cigare se désintègre sous la pression de ses doigts[16]. Il l'examine avec plus d'attention et découvre qu'il y a un papier à l'intérieur. C'est un message codé incompréhensible avec une écriture de femme :

Les 10 paniers[17] ont été remplacés. Avec une pression du pied, la pièce de métal s'ouvre. Presque tout est prêt, H-P va attendre. Mais où ? Réponse immédiate nécessaire. Soyez[18] tranquille, je suis votre amie et je suis avec vous.

M. Dudouis réfléchit un instant et dit :

- « C'est suffisamment clair, ils parlent de paniers… »
- « Mais ce H-P, qui va attendre, c'est quoi ? »
- « H-P, dans ce contexte, signifie probablement : automobile H-P, horse power. En langage sportif, on désigne la force d'un moteur de cette manière. Une 24 H-P, c'est une automobile de 24 chevaux. »

Puis, il demande :

- « Le prisonnier était **en train de**[19] terminer son repas ? »
- « Oui. »
- « Il n'a pas encore lu ce message, l'état du cigare prouve cela. Il est donc probable qu'il l'ait reçu à l'instant. »
- « Comment ? »
- « Dans sa nourriture[20], au **milieu de son pain**[21] ou dans une patate[22] par exemple ? »

---

[14] un fumeur = a smoker
[15] un évènement surprenant = a surprising event
[16] les doigts = the fingers
[17] le panier = the basket
[18] soyez = be (imperative tense)
[19] en train de = « to be in the process of » or « to be doing »
[20] la nourriture = food

- « Impossible, nous l'avons autorisé à commander sa nourriture du restaurant juste pour le piéger[23], nous contrôlons tout et nous n'avons rien trouvé. »
- « Bien, nous allons chercher la réponse de Lupin ce soir. Pour le moment, gardez-le en dehors de sa cellule. Je vais apporter ce message à monsieur le juge. Nous allons faire immédiatement photographier la lettre, et dans une heure, nous allons redisposer dans le tiroir ces objets et un cigare identique, avec le message original à l'intérieur. Il est nécessaire que le prisonnier ne suspecte rien. »

C'est avec une certaine curiosité que M. Dudouis va le soir au bureau administratif de la prison avec l'inspecteur Dieuzy. Ils observent 3 assiettes[24] commandées par Lupin sur une table.

- « Il a mangé ? »
- « Oui » répond le directeur.
- « Dieuzy, **découpez en petits morceaux**[25] ces macaronis et ce pain… Rien ? »
- « Non, chef. »

M. Dudouis examine les assiettes, la fourchette[26], la cuillère[27], et le couteau. La base du couteau peut s'ouvrir. Il y a un papier à l'intérieur.

---

[21] au milieu de son pain = in the middle of his bread
[22] une patate = a potato
[23] piéger = to trap
[24] une assiette = a plate
[25] découpez en petits morceaux = cut into small pieces
[26] une fourchette = a fork
[27] la cuillère = the spoon

- « Ah ! » dit-il, « ce n'est pas très intelligent pour un homme comme Arsène. Mais ne perdons pas de temps. Vous, Dieuzy, allez faire une investigation dans ce restaurant. »

Puis il lit le message :

J'ai confiance en vous, H-P va suivre de loin[28], chaque jour. Je vais partir devant.

À bientôt ma chère et admirable amie.

- « Enfin[29] ! » s'exclame M. Dudouis satisfait, « je crois que l'affaire avance bien. Nous allons superviser cette évasion. L'évasion doit réussir[30]... suffisamment pour nous donner la possibilité de capturer aussi ses partenaires. »
- « Et si Arsène Lupin disparaît ? » dit le directeur.
- « Nous allons employer le nombre d'hommes nécessaire. Cependant, si par chance il nous échappe... ce n'est pas un problème ! Ses partenaires, quand ils seront capturés, parleront. »

En tout cas, Arsène Lupin ne parle pas beaucoup. Depuis des mois, M. Jules Bouvier, le juge, essaye de le faire parler sans succès. Les interrogatoires sont réduits à des conversations sans intérêt entre le juge et l'avocat[31], M. Danval. C'est un homme très compétent, mais jusqu'à[32] maintenant, il n'a pas obtenu plus d'informations sur Arsène Lupin.

Parfois, par courtoisie, Arsène Lupin a parlé un peu :

---

[28] va suivre de loin = will follow from far away
[29] enfin = finally
[30] réussir = to succeed
[31] un avocat = a lawyer
[32] jusqu'à = until

- « Oui, monsieur le juge, nous sommes d'accord : le vol de la Banque, le vol de la rue de Babylone, le cas concernant les polices d'assurance, les vols dans les châteaux d'Armesnil, de Gouret, d'Imblevain, des Groselliers, du Malaquis, tout cela a été réalisé par votre humble serviteur[33] : moi. »
- « Alors, expliquez-moi… »
- « **Inutile, j'avoue**[34] tout, et même beaucoup plus que **ce que**[35] vous supposez. »

Le juge est fatigué par ces interrogatoires fastidieux. Régulièrement, à midi, Arsène Lupin est transporté de la prison à la salle d'interrogatoire, dans une voiture pénitentiaire, avec d'autres prisonniers. Chaque fois, ils retournent[36] à la prison à trois ou quatre heures.

Un après-midi, ce retour s'organise dans des conditions particulières. Les autres prisonniers de la Santé n'ont pas encore été questionnés, alors on décide de transporter d'abord Arsène Lupin. Donc il monte seul dans la voiture.

Ces voitures pénitentiaires, vulgairement appelées[37] : « **paniers à salade**[38] », sont divisées en 10 compartiments. Arsène est introduit dans la troisième cellule de droite. Après quelques instants, il réalise que la partie inférieure de la voiture est détériorée. Il presse avec son pied et la plaque de métal[39] s'ouvre. Il peut sortir !

---

[33] un serviteur = a servant
[34] inutile, j'avoue tout = useless, I admit everything
[35] ce que = what
[36] retourner = to go back / to return
[37] appelé = called
[38] paniers à salade = paddy wagons

Il attend, calmement. Sa voiture pénitentiaire avance doucement sur le boulevard. À l'intersection, elle s'arrête. La circulation est interrompue, plusieurs voitures sont bloquées.

Arsène Lupin regarde dehors et décide de descendre de la voiture.

Un autre automobiliste le voit s'échapper de la voiture pénitentiaire, il veut appeler, le dénoncer. Mais avec le bruit des véhicules qui recommencent déjà à avancer, impossible d'entendre sa voix.

Maintenant, Arsène Lupin est déjà loin.

Lupin décide de courir un moment, mais, quand il arrive sur le trottoir[40], il s'arrête et regarde autour de lui pour choisir dans quelle direction il va aller. Puis, avec une insouciance[41] apparente, il continue tranquillement d'avancer sur le boulevard.

Le temps[42] est agréable. Les cafés sont pleins de gens. Il s'assoit à la terrasse de l'un d'eux.

Il commande une bière et un cigare. Il boit son verre doucement et fume tranquillement. Lorsqu'il termine, il s'adresse au gérant[43] du café et lui dit à **haute voix**[44] :

- « Excusez-moi, monsieur, j'ai oublié mon portefeuille. Peut-être que mon nom est assez fameux pour que vous acceptiez un crédit de quelques jours : Arsène Lupin. »

---

[39] plaque de métal = metal plate
[40] le trottoir = the sidewalk
[41] insouciance = tranquillité ; (un souci = un problème)
[42] le temps = the weather
[43] le gérant = the manager ; gérer = to manage
[44] à haute voix = out loud

Tout le monde dans le café a entendu. Le gérant le regarde et pense que c'est une blague[45]. Mais Arsène répète :

- « Lupin, prisonnier à la Santé, en ce moment en état d'évasion. Je pense que ce nom doit vous inspirer une grande confiance. »

Et il part, au milieu des rires. Le gérant n'insiste pas.

Il traverse[46] la rue Soufflot et continue dans la rue Saint-Jacques. Il avance tranquillement. Il s'arrête devant les boutiques[47] et fume des cigarettes. Il demande des informations pour être orienté. Il va en direction de la rue de la Santé. Il arrive devant la prison et s'adresse au garde municipal qui surveille l'entrée :

- « Il me semble que c'est ici la prison de la Santé ? »
- « Oui. »
- « Je désire retourner dans ma cellule. La voiture m'a laissé en route, et je ne veux pas abuser… »

Le garde répond avec une voix autoritaire…

- « Allez mon gars[48] ! **passez votre chemin**[49] et rapidement !
- « Pardon, pardon ! Mais mon chemin passe par cette porte. Et si vous n'autorisez pas Arsène Lupin à entrer, cela pourrait vous causer de gros problèmes, mon ami ! »
- « Arsène Lupin ? N'importe quoi[50] ! »
- « Je regrette mais je n'ai pas ma carte » dit Arsène, en cherchant dans ses poches.

---

[45] une blague = a joke
[46] traverser = to cross
[47] une boutique = a shop
[48] allez mon gars ! = come on man / guy !
[49] passez votre chemin = move along / walk away. Literally : continue on your path
[50] n'importe quoi ! = whatever !

Le garde l'observe de haut en bas, très étonné. Puis, sans un mot, il active la sonnette[51]. La porte de fer s'ouvre.

Quelques minutes après, le directeur arrive, il gesticule et simule d'être très en colère. Cette mauvaise comédie montre bien qu'il surveillait l'évasion. Arsène sourit :

- « Allez, monsieur le directeur, s'il vous plaît, soyez honnête. Vous prenez la précaution de me transporter seul dans la voiture, vous facilitez mon évasion, et vous vous imaginez que je vais m'échapper pour rejoindre mes amis ! C'est extraordinaire ! Alors vous pensez que je n'ai pas vu les vingt agents de police, qui nous escortaient à pied et en voiture ? Je n'aurais pas survécu[52]. Mais, monsieur le directeur, c'est peut-être ce que vous vouliez ? »

Il hausse les épaules[53] et continue :

- « Je vous en prie, monsieur le directeur, ne faites pas l'effort de m'assister. Si je veux m'échapper, je n'ai besoin de personne. »

Deux jours plus tard, le journal l'*Écho de France*, qui, décidément[54], devient le journal officiel des exploits d'Arsène Lupin (ils sont peut-être même en relation) l'*Écho de France* publie des détails complets de l'évasion. Cela inclut le texte des messages échangés entre le prisonnier et sa mystérieuse amie, la manière dont ils ont échangé, l'assistance de la police, la promenade sur le boulevard, l'incident du café Soufflot, tout est mentionné. On peut lire que les recherches de l'inspecteur

---

[51] La sonnette = the bell / doorbell
[52] survivre = survive
[53] il hausse les épaules = he shrugs his shoulders
[54] décidément (mot fréquent) = vraiment

Dieuzy dans le restaurant n'ont donné aucun résultat. Et on apprend cette information surprenante qui montre les ressources sans limites dont Arsène Lupin dispose : la voiture pénitentiaire, dans laquelle on l'a transporté, est une voiture entièrement modifiée, que ses partenaires ont substituée à l'une des six voitures de la prison.

L'évasion d'Arsène Lupin semble imminente pour tout le monde. Lui-même l'annonce très clairement, comme le montre sa réponse à M. Bouvier, le jour suivant l'incident. Le juge se moque de **son échec**[55], Lupin le regarde et lui dit calmement :

- « Écoutez attentivement, monsieur, et faites-moi confiance : cette tentative[56] d'évasion fait partie de mon plan d'évasion. »
- « Ah ah ah ! Je ne comprends pas » dit le juge.
- « Il est inutile que vous compreniez. »

Durant l'interrogatoire, qui est publié entièrement dans les colonnes du journal l'*Écho de France,* le juge essaye de parler du jugement, mais Arsène Lupin n'est pas intéressé. Il s'exclame :

- « Mon Dieu, mon Dieu ! toutes ces questions n'ont aucune importance. »
- « Comment, aucune importance ? »
- « Mais non, parce que je ne serai pas présent **lors de**[57] mon jugement. »
- « Vous ne serez pas présent..? »
- « Non, c'est une idée fixe, une décision irrévocable. Rien ne me fera changer d'opinion. »

---

[55] son échec = his failure
[56] une tentative = an attempt
[57] lors de = durant = pendant

Cette assurance, ces révélations inexplicables et audacieuses qu'il fait chaque jour, irritent et déconcertent la justice. **Il s'agit de**[58] secrets qu'Arsène Lupin est le seul à connaître, par conséquent, il est le seul qui peut les divulguer. Mais pourquoi ces révélations ?

Un soir, on change Arsène Lupin de cellule, il descend à l'étage inférieur.

Il y a un long silence durant deux mois. Arsène reste toute la journée allongé sur son lit, le visage tourné en direction du mur presque toujours. Ce changement de cellule semble l'avoir déprimé[59]. Il refuse de recevoir son avocat. Il parle très peu avec ses gardiens.

Pendant les 15 jours avant son jugement, il semble un peu plus animé. Il demande à faire une promenade. On le fait sortir dans la cour, le matin, escorté par deux hommes.

La curiosité publique est toujours plus forte. Chaque jour on attend son évasion. On la désire presque, car le personnage est apprécié par la population avec son éloquence, sa gaieté, sa personnalité complexe, son génie d'invention et le mystère de sa vie. Arsène Lupin doit s'échapper. C'est inévitable, fatal. C'est même une surprise que cela prenne tout ce temps. Tous les matins, le préfet[60] de police demande à son secrétaire :

- « Alors ! Il n'est pas encore parti ? »
- « Non, monsieur le préfet. »
- « Donc, ce sera pour demain. »

C'est dans ces conditions que le jugement commence.

---

[58] Il s'agit de = it's about
[59] déprimé = depressed
[60] préfet = prefect

L'affluence est énorme. Tous veulent voir le fameux Lupin et savourent par avance la manière dont il va se moquer du président. Avocats et magistrats, journalistes et artistes, toute la haute société parisienne est présente pour l'évènement.

C'est un jour de pluie, dehors, les rues sont obscures, il est difficile d'apercevoir[61] Arsène Lupin quand les gardes l'introduisent. Cependant, son attitude passive et la manière dont il se déplace sans énergie ne donnent pas une impression favorable de lui. Son avocat lui parle mais il approuve simplement et ne dit rien, il paraît indifférent.

Le président s'adresse à Arsène Lupin :

- « Accusé[62], levez-vous. Votre nom, prénom, âge et profession ? »

Comme Arsène Lupin ne répond pas, il répète :

- « Votre nom ? Je vous demande votre nom. »

Une voix fatiguée articule :

- « Baudru, Désiré. »

Il y a des murmures. Mais le président continue :

- « Baudru, Désiré ? C'est un nouvel avatar ! C'est approximativement le 8ème nom que vous prétendez avoir. Je suis sûr qu'il est aussi imaginaire que les autres. Nous utiliserons, s'il vous plait, le nom d'Arsène Lupin, qui est votre nom le plus connu[63]. »

Le président consulte ses notes et poursuit[64] :

---

[61] apercevoir = voir
[62] accusé = accused
[63] Connu = known
[64] Poursuit = continue

- « Car, malgré toutes les recherches, il est impossible de reconstituer votre identité. Vous êtes un cas relativement original dans notre société moderne : vous n'avez pas de passé. Nous ne savons pas qui vous êtes et nous n'avons pas d'informations sur votre histoire personnelle. Vous apparaissez soudain, il y a trois ans, on ne sait pas d'où, comme Arsène Lupin. Arsène Lupin, un mixte bizarre d'intelligence et de perversion, d'immoralité et de générosité. Les informations que nous avons sur vous avant cette époque sont de simples spéculations : il est probable qu'un certain Rostat, qui a travaillé, il y a 8 ans, avec le magicien Dickson était en réalité Arsène Lupin. Il est probable que l'étudiant russe qui a travaillé, il y a 6 ans, dans le laboratoire du docteur Altier, et qui a surpris fréquemment le docteur par l'intelligence de ses hypothèses, était en réalité Arsène Lupin. Arsène Lupin, également, le professeur de **lutte japonaise**[65] et de jiu-jitsu qui s'est établi à Paris. Arsène Lupin, nous pensons, le cycliste qui a gagné le Grand Prix de cyclisme, et qui a disparu après avoir gagné 10 000 francs. Arsène Lupin est certainement aussi l'homme qui a collaboré avec beaucoup de gens lors[66] des ventes du **Bazar de la Charité**[67]… et ensuite, qui les a volés. »

Et, après une pause, le président conclut :

---

[65] lutte japonaise = Japanese wrestling
[66] lors = pendant = durant
[67] The Bazar de la Charité was an annual charity event orchestrated by the French Catholic aristocracy in Paris beginning in 1885.

- « J'ai présenté tout ce contexte, qui a juste été une préparation méticuleuse au combat que vous faites contre la société. C'est un apprentissage[68] méthodique où vous avez utilisé votre force, votre énergie et votre intelligence. Admettez-vous l'exactitude de ces faits ? »

Pendant ce discours, l'accusé fait des mouvements avec ses jambes, avec nonchalance, sans énergie. Sous la lumière, on note son extrême maigreur[69], son visage pâle, son apparence négligée[70], il semble presque malade. La prison l'a considérablement fatigué et il paraît plus vieux. On ne distingue plus sa silhouette élégante et le jeune visage dont les journaux ont souvent publié le portrait sympathique.

On a l'impression qu'il n'a même pas entendu la question du président. Il la répète une deuxième fois. Alors, l'accusé regarde autour de lui désespéré, semble réfléchir et faire un effort violent pour murmurer :

- « Baudru, Désiré. »

Le président rit.

- « Je ne comprends pas vraiment le système de défense que vous adopté maintenant, Arsène Lupin. Si vous essayez de **jouer le rôle**[71] d'imbécile ou d'irresponsable, c'est votre décision. Dans tous les cas, je continue sans donner d'importance à vos fantaisies. »

---

[68] Apprentissage = learning
[69] maigreur = thinness/ meagreness ; maigre = meagre
[70] négligé = untidy
[71] jouer le rôle = play the role / act as

Alors il entre dans la description des vols, des fraudes reprochés à Lupin. Parfois il questionne l'accusé. Celui-ci ne répond rien d'intelligible.

Les dépositions des témoins[72] commencent. Certaines sont insignifiantes, d'autres plus sérieuses. Cependant, la situation est ironique car elles se contredisent toutes. Une obscurité déconcertante enveloppe les débats, il est difficile d'y voir une cohérence. Mais l'inspecteur principal Ganimard est introduit, et l'intérêt de la salle se réveille.

Cependant, immédiatement, le vieux policier cause une certaine déception. Il **n'a pas l'air**[73] intimidé - car il a beaucoup d'expérience - mais il semble embarrassé et inquiet[74]. Il regarde en direction de l'accusé avec préoccupation. Néanmoins[75], il continue d'exposer les incidents, ses voyages de poursuites et ses investigations en Europe, son arrivée en Amérique. On l'écoute avec avidité, comme on écoute une histoire d'aventures passionnantes. Mais, **vers la fin**[76], après avoir raconté ses interrogatoires avec Arsène Lupin, il hésite, il semble vraiment embarrassé et distrait[77].

Il est clair qu'il pense à autre chose. Le président lui dit :

- « Si vous êtes malade, il est préférable d'interrompre votre témoignage[78]. »

---

[72] témoin = witness
[73] avoir l'air = to seem
[74] inquiet = worried
[75] néanmoins = nevertheless
[76] vers la fin = by the end
[77] distrait = distracted
[78] témoignage = testimony

- « Non, non, mais… »

Il ne dit rien et regarde l'accusé longuement, profondément, puis il déclare :

- « Je demande l'autorisation d'examiner l'accusé **de plus près**[79], car il y a un mystère que je veux clarifier. »

Il s'approche et l'observe plus longuement encore, avec toute son attention concentrée, puis il retourne à sa place. Avec un ton un peu solennel, il prononce :

- « Monsieur le président, j'affirme que l'homme qui est ici, face à vous, n'est pas Arsène Lupin. »

Il y a un grand silence dans le tribunal. Le président, surpris, s'exclame :

- « Pardon ! Qu'est-ce que vous dites ? Vous êtes fou ! »

L'inspecteur affirme posément[80] :

- « À première vue, il est possible de faire une erreur, car il y a une ressemblance entre les deux hommes, je le confesse, mais après une seconde analyse, le nez, la bouche, les cheveux, la couleur de la peau[81] : ce n'est pas Arsène Lupin. Et les yeux surtout[82] ! Arsène Lupin n'a pas ces yeux d'alcoolique ! »
- « Ah mais, expliquez-vous. Que prétendez-vous, inspecteur ? »
- « Je ne sais pas, moi ! Lupin a certainement décidé d'être substitué par ce pauvre[83] homme. C'est peut-être un autre prisonnier, ou c'est l'un des complices de Lupin. »

---

[79] de plus près = more closely
[80] posément = calmement
[81] la peau = the skin
[82] surtout = above all / especially

On entend des cris, des rires et des exclamations dans toute la salle **dû à**[84] cet évènement inattendu[85]. Le président appelle le juge, le directeur de la prison, les gardiens, et suspend l'audience.

Après une pause, on questionne M. Bouvier et le directeur. Ils observent l'accusé et déclarent qu'il y a juste une vague similitude de traits entre Arsène Lupin et cet homme.

- « Mais alors » s'exclame le président, « qui est cet homme ? Pourquoi est-il ici ? »

On questionne les deux gardiens de la prison. Contradiction surprenante : ils identifient le prisonnier qu'ils ont surveillé !

Le président prend une longue respiration.

Mais l'un des gardiens continue :

- « Oui, oui, je crois que c'est lui. »
- « Quoi ? Vous croyez ? »
- « C'est que… je ne l'ai pas beaucoup vu. On l'a déplacé le soir, et, depuis deux mois, il est resté toujours allongé sur son lit en regardant le mur. »
- « Mais avant ces deux mois ? »
- « Ah ! Avant, il n'était pas dans la cellule 24. »

Le directeur de la prison ajoute[86] une précision concernant ce point :

- « Nous avons changé le prisonnier de cellule après sa tentative d'évasion. »

---

[83] pauvre = poor
[84] dû à = due to
[85] inattendu = unexpected ; attendre = to expect / to wait
[86] Ajouter = to add

- « Mais vous, monsieur le directeur, vous l'avez vu depuis deux mois ? »
- « Je n'ai pas eu l'occasion de le voir… pas de raisons… il est resté tranquille. »
- « Et cet homme-là n'est pas le prisonnier qui vous a été donné ? »
- « Non. »
- « Alors, qui est-ce ? »
- « Je ne sais pas. »
- « C'est donc une substitution qui a probablement été faite il y a deux mois. Comment l'expliquez-vous ? »
- « C'est impossible. »
- « Alors ? »

Désespéré, le président s'adresse à l'accusé avec une voix plus tranquille :

- « Accusé, s'il vous plait, expliquez-moi pourquoi et depuis quand vous êtes en prison. »

Il semble que ce ton, plus sympathique, stimule l'homme car il essaie de répondre. Plus gentiment[87] et intelligemment interrogé, il arrive à donner quelques explications : deux mois **plus tôt**[88], il a été placé dans une cellule du bâtiment[89] où sont réalisés les interrogatoires par la police. Il y a passé une nuit et une matinée, puis il a été libéré. Mais, arrivé dans la cour, deux gardes l'ont arrêté et l'ont introduit dans une voiture pénitentiaire. Depuis, il vit dans la cellule 24, dans la

---

[87] gentiment = gently ; gentil = kind
[88] plus tôt = earlier
[89] un bâtiment = a building

monotonie. Il n'est pas triste… il mange bien… il dort bien… donc il n'a pas protesté…

Tout cela semble crédible. Au milieu des rires et d'une grande agitation, le président décide de continuer le jugement plus tard, dans une autre session, pour faire des investigations additionnelles.

L'investigation révèle que 8 semaines plus tôt, Baudru Désiré a dormi dans une cellule de transition temporaire. Libéré le jour suivant, il a quitté sa cellule à 14h00, l'après-midi. Et, le même jour, à 14h00 aussi, après son dernier[90] interrogatoire, Arsène Lupin est sorti et est monté dans une voiture pénitentiaire.

Les gardiens ont-ils commis une erreur ? Une confusion s'est-elle produite à cause de la ressemblance entre les deux hommes ? Ont-ils eux-mêmes, durant une minute d'inattention, substitué cet homme à l'autre prisonnier ? Cette supposition semble trop fantaisiste.

La substitution a-t-elle été préparée d'avance ? C'est improbable car l'organisation du bâtiment rend[91] cette opération vraiment difficile et il aurait été nécessaire, dans ce cas, que Baudru soit un partenaire de Lupin et qu'il ait été arrêté intentionnellement pour prendre la place d'Arsène Lupin. Ce serait vraiment un miracle qu'un plan comme celui-ci, fondé sur une série de coïncidences et d'erreurs, soit un succès.

On examine l'histoire de Désiré Baudru : il n'a jamais eu de problèmes avec la justice. Son passé est facilement identifiable. À

---

[90] dernière = last

[91] rend + adjectif = make + adjective

Courbevoie, à Asnières, à Levallois, il est connu. Il a vécu de la charité et dormait dans un refuge. Depuis un an, cependant, il avait disparu.

A-t-il été embauché[92] par Arsène Lupin ? Rien n'indique cela. Et même si c'est le cas, il n'y a pas plus d'informations sur comment le prisonnier s'est échappé. Le prodige reste le même. Avec les vingt hypothèses qui essaient de l'expliquer, aucune n'est satisfaisante. L'évasion seule est une certitude, et c'est une évasion incompréhensible, impressionnante. Le public et la justice perçoivent l'effort d'une longue préparation, une série d'actes merveilleusement orchestrés, et dont le résultat justifie l'arrogante prédiction d'Arsène Lupin : « Je ne serai pas présent à mon jugement. »

Après encore un mois d'investigation, le mystère est toujours indéchiffrable. Cependant, impossible de garder le pauvre Baudru prisonnier indéfiniment. Son jugement aurait été ridicule : quelles charges a-t-on contre lui ? Alors sa libération est signée par le juge. Mais le chef de la police décide d'établir une surveillance active autour de lui.

L'idée est de Ganimard. Son opinion est que Baudru n'est pas un partenaire de Lupin mais qu'il n'est pas arrivé ici par accident. Baudru est un instrument qu'Arsène Lupin a utilisé avec son extraordinaire habileté. Avec Baudru libre et sous surveillance, on peut tracer Arsène Lupin ou quelqu'un de sa bande.

On demande aux inspecteurs Folenfant et Dieuzy d'assister Ganimard et un matin de janvier, les portes de la prison s'ouvrent devant Baudru Désiré.

---

[92] embaucher = to hire

D'abord, il a l'air gêné[93], et marche comme un homme qui n'a pas d'idées précises sur ce qu'il va faire. Il marche dans la rue de la Santé et la rue Saint-Jacques. Devant un vendeur de vêtements, il retire sa veste, la vend en échange de quelques francs, puis continue sa route.

Il traverse la Seine. Au Châtelet, il décide de monter dans un bus. Il n'y a pas de place. Le contrôleur lui recommande de prendre un numéro pour attendre le prochain bus dans la **salle d'attente**[94].

À ce moment, Ganimard appelle ses deux hommes, et, toujours les yeux fixés sur Baudru, il leur dit :

- « Arrêtez une voiture… non, deux, c'est plus prudent. J'irai avec l'un de vous et nous le suivrons. »

Les hommes obéissent. Cependant, Baudru n'apparaît pas. Ganimard s'avance et regarde : il n'y a personne dans la salle d'attente.

- « Je suis vraiment idiot » murmure-t-il, « j'ai oublié la seconde sortie. »

La salle d'attente communique, effectivement, par un couloir intérieur, avec une autre salle d'attente rue Saint-Martin. Ganimard court. Il arrive juste à temps pour apercevoir Baudru à l'intersection de la rue de Rivoli. Il court encore et réussit à rattraper[95] le bus. Cependant, il a perdu ses deux agents. Il est donc le seul à continuer la poursuite.

Furieux, il hésite à saisir[96] Baudru immédiatement, sans plus de formalité, car il pense : c'est très certainement avec préméditation et

---

[93] gêné = embarrassé
[94] salle d'attente = waiting room
[95] rattraper = to catch up
[96] saisir = to seize

par une ruse ingénieuse que ce faux-imbécile l'a séparé de ses auxiliaires.

Il regarde Baudru. **Ce dernier**[97] dort sur son siège[98] et sa tête accompagne les mouvements du bus de droite et de gauche. La bouche ouverte, son visage exprime une extraordinaire stupidité. Non, cet homme n'est pas un adversaire capable de rouler[99] le vieux Ganimard. La chance était avec lui, c'est tout, c'était juste une coïncidence.

À l'intersection des Galeries Lafayette, Baudru descend du bus et prend le tramway de la Muette. Il continue boulevard Haussmann, l'avenue Victor-Hugo puis descend du tramway à la station de la Muette. Et avec allure nonchalante, il pénètre dans le bois[100] de Boulogne.

Il passe d'une allée[101] à l'autre, retourne en arrière, s'éloigne. Que cherche-t-il ? A-t-il une destination ?

Après une heure de marche désorientée dans le bois, il semble très fatigué. Il s'assoit sur un banc[102]. Ganimard l'observe, mais après une demi-heure, il s'impatiente et décide d'ouvrir une conversation avec lui.

Il s'approche donc et prend place à côté de Baudru. Il allume[103] une cigarette et dit :

---

[97] Ce dernier = the latter (referring to Baudru)
[98] un siège = a seat
[99] rouler quelqu'un = to fool someone
[100] le bois = the wood / the forest
[101] une allée = an alley
[102] un banc = a bench
[103] allumer = to light / to turn on

- « Il ne fait pas chaud. »

Un silence. Et soudain, ce silence est interrompu par un rire, un rire joyeux, heureux, le rire d'un enfant impossible à arrêter. Ganimard tremble dans un frisson[104]. Ce rire infernal, il le reconnaît parfaitement !...

Avec un geste brusque, Ganimard saisit l'homme par le cou[105] et le regarde, les yeux grands ouverts, violemment, avec encore plus d'attention que dans le tribunal, mais ce n'est plus Baudru qu'il voit, c'est Lupin, **ou plutôt**[106] un mélange confus des deux hommes !

Il a récupéré la vitalité et les traits d'Arsène Lupin, son visage n'est plus pâle et il a maintenant une expression de vivacité, moqueuse et spirituelle. Il a récupéré sa jeunesse[107].

- « Arsène Lupin, Arsène Lupin » il articule difficilement.

Et soudain, avec rage, il l'attaque et tente[108] de l'immobiliser pour l'arrêter. Malgré ses 50 ans, il est encore très vigoureux et son adversaire semble en mauvaise condition. De plus, cela serait un grand exploit s'il arrivait à le ramener en prison !

Mais la **lutte est courte**[109]. Arsène Lupin, en un seul mouvement, repousse l'attaquant très promptement. Ganimard est forcé de le lâcher[110]. Son bras droit est paralysé, inerte.

---

[104] un frisson = a thrill / a shiver
[105] le cou = the neck
[106] ou plutôt = or rather
[107] sa jeunesse = his youth
[108] tenter = essayer
[109] La lute est courte = the fight is short
[110] lâcher = to let go

- « Si vous appreniez le jiu-jitsu à **l'école de police**[111]» déclare Lupin, « vous seriez informés que cette attaque s'appelle udi-shi-ghi en japonais. »

Et il ajoute froidement :

- « Une seconde de plus et je te cassais le bras, et tu l'aurais mérité. Comment, toi, un vieil ami que j'estime, à qui je révèle spontanément mon incognito, tu abuses de ma confiance ! C'est mal… Oh ! quoi, qu'est-ce que tu as ? »

Ganimard **se tait**[112]. Il se juge responsable de l'évasion d'Arsène Lupin. Avec sa déposition sensationnelle, il a causé sa libération. Alors cette évasion lui semble être la plus grande honte[113] de sa carrière. Une larme[114] roule de ses yeux jusqu'à sa moustache grise.

- « Eh ! mon Dieu, Ganimard ! ne t'inquiète pas, si tu n'avais pas parlé, j'aurais arrangé la chose pour qu'un autre parle. Vraiment, je ne pouvais laisser Baudru Désiré être condamné. »
- « Alors » murmure Ganimard, « c'était toi au tribunal ? Et c'est toi qui es ici ! »
- « Moi, toujours moi, uniquement moi. »
- « Est-ce possible ? »
- « Oh ! Ce n'est pas compliqué. Il faut juste, comme l'a dit ce brave président, se préparer pendant 10 ans pour être prêt pour toutes les éventualités. »
- « Mais ton visage ? Tes yeux ? »

---

[111] l'école de police = the police academy
[112] se taire = to be quiet / to shut up
[113] la honte = the shame
[114] une larme = a tear

- « Tu comprends que, si j'ai travaillé 18 mois avec le docteur Altier, ce n'était pas par amour de l'art. J'ai pensé que le personnage d'Arsène Lupin ne devrait pas être limité par les lois[115] ordinaires de l'apparence et de l'identité. L'apparence ? On peut la modifier comme on le veut. Par exemple, une injection hypodermique de paraffine vous gonfle[116] la peau, juste à l'endroit choisi. Différents procédés chimiques permettent de changer l'apparence : les cheveux, la barbe, la voix, absolument tout ! Ajoute en plus 2 mois de diète[117] dans la cellule n° 24, des exercices mille fois répétés pour ouvrir ma bouche et copier ce rictus et pour donner à ma tête cette inclinaison[118]. Pour conclure, cinq gouttes[119] d'atropine dans les yeux et voilà, le travail est fait ! »
- « Je ne comprends pas comment les gardiens… »
- « La métamorphose a été progressive. Ils n'ont pas pu remarquer l'évolution. »
- « Mais Baudru Désiré ? »
- « Baudru existe. C'est un pauvre innocent que j'ai rencontré l'an dernier. Il a vraiment une ressemblance physique avec moi. Par anticipation d'une possible arrestation, je l'ai caché, et j'ai étudié toutes nos différences, pour les atténuer sur moi. Mes amis l'ont fait dormir une nuit en cellule, à la salle d'interrogatoire, et ont planifié sa sortie approximativement à

---

[115] la loi = the law
[116] gonfler = inflate
[117] une diète = a diet
[118] inclinaison = inclination
[119] cinq gouttes = five drops

la même heure que moi pour créer la coïncidence. Car, évidemment, il a été nécessaire qu'il dorme en cellule ce jour-là. Dans le cas contraire, la justice se serait demandé qui j'étais. J'ai offert à la justice cet excellent Baudru, il a été totalement inévitable qu'elle s'intéresse à lui, et que, malgré les difficultés insurmontables d'une substitution, elle préfère croire à la substitution plutôt que d'avouer son ignorance. »

- « Oui, oui, effectivement » murmure Ganimard.
- « Et puis » s'exclame Arsène Lupin, « j'ai eu un avantage formidable, une stratégie préparée par moi depuis le début : tout le monde attendait mon évasion. C'est l'énorme erreur que vous avez commise, toi et les autres, dans cette confrontation passionnante entre la justice et moi : vous avez supposé **une fois de plus**[120] que mon objectif était de vous impressionner, que j'étais prétentieux et que le succès **m'était monté à la tête**[121]**.** Moi, Arsène Lupin ? une erreur de novice comme celle-ci ! Et, comme pour le cas Cahorn, vous n'avez pas pensé : « Si Arsène Lupin **crie sur les toits**[122] qu'il prépare son évasion, c'est qu'il a des raisons qui l'obligent à le faire. » Mais, tu dois comprendre que pour m'échapper… sans vraiment m'échapper, il a été nécessaire que cette évasion soit très crédible, que ce soit **un article de foi**[123], une conviction absolue, une réalité brillante comme le soleil. C'est ce que j'ai méticuleusement planifié. Arsène Lupin va s'évader, Arsène

[120] une fois de plus = one more time
[121] m'est monté à la tête = did go to my head
[122] expression : crier sur les toits = shout from the rooftops = informer tout le monde
[123] un article de foi = an article of faith

Lupin ne sera pas présent à son jugement. Et quand, durant ta déposition, tu as déclaré : « Cet homme n'est pas Arsène Lupin » il a été immédiatement évident pour tout le monde que je ne l'étais pas. Mais si une seule personne avait douté de cela, si une seule personne avait proposé cette simple suggestion : « Peut-être que c'est vraiment Arsène Lupin ? » immédiatement, j'aurais perdu. Il suffisait de m'observer, **non pas**[124] avec l'idée que je n'étais pas Arsène Lupin, comme tu l'as fait, toi et les autres, mais avec l'idée que je pouvais être Arsène Lupin, et alors, malgré toutes mes précautions, on m'aurait identifié. Mais j'étais très tranquille. Logiquement, psychologiquement, personne ne pouvait avoir cette simple petite idée. »

Il prend soudainement la main de Ganimard.

- « Dis-moi, Ganimard, avoue que huit jours après notre conversation dans la prison de la Santé, tu m'as attendu à 4h, chez toi, comme je te l'ai demandé. »
- « Et ta voiture pénitentiaire ? » dit Ganimard qui préfère ne pas répondre.
- « Du bluff ! Des amis à moi ont réparé et substitué une ancienne voiture pour tenter une évasion. Mais c'était impossible sans une combinaison de circonstances exceptionnelles. Mon objectif a simplement été de finaliser et de perfectionner cette tentative d'évasion et de lui donner la plus grande publicité. Une première évasion audacieusement préparée rend la seconde beaucoup plus crédible. »

---

[124] non pas (expression forte)= not

- « Donc le cigare… »
- « Préparé par moi comme le couteau. »
- « Et les messages ? »
- « Écrits par moi. »
- « Et la mystérieuse amie correspondante ? »
- « Nous sommes la même personne. Je peux imiter toutes les écritures. »

Ganimard réfléchit un instant et objecte :

- « Mais quand le service d'anthropométrie a examiné les informations d'identité de Baudru, il aurait dû trouver des informations identiques à celles d'Arsène Lupin. »
- « C'est simple, il n'y a pas d'informations sur Arsène Lupin. »
- « Pardon ? »
- « Ces informations sont fausses. C'est une question que j'ai beaucoup étudiée. Le système de police a deux types de données[125] : le premier est sur l'aspect visuel – mais comme tu le vois, l'aspect visuel peut être modifié – et le second est sur les données de mesures, mesure de la tête, des doigts, des pieds, etc… Dans ce cas, impossible de les modifier. »
- « Alors ? »
- « Alors j'ai dû payer. Avant mon retour d'Amérique, un des employés du service a accepté d'enregistrer une fausse mesure dans mes informations. C'est suffisant pour que tout le système ne soit plus opérationnel. Alors, il n'est plus possible d'associer

[125] les données = the data

les informations de Baudru avec les informations d'Arsène Lupin. »

Il y a encore un silence, puis Ganimard demande :

- « Et maintenant qu'est-ce que tu vas faire ? »
- « Maintenant » s'exclame Lupin, « je vais me reposer, suivre un **régime alimentaire**[126] spécial pour **reprendre du poids**[127] et graduellement redevenir[128] moi. C'était très bien d'être Baudru ou un autre, de changer de personnalité et de choisir mon apparence, ma voix, mon regard, mon écriture. Mais je suis un peu désorienté avec tout cela et c'est triste. Actuellement[129], j'ai l'impression d'avoir **perdu mon ombre**[130].»

Il fait quelques pas[131] puis se retourne vers Ganimard.

- « Nous n'avons plus rien à nous dire, je crois ? »
- « Si » répond l'inspecteur, « je veux savoir si tu vas révéler la vérité[132] concernant ton évasion... L'erreur que j'ai commise... »
- « Oh ! Personne ne va savoir que c'est Arsène Lupin qui a été libéré. Je préfère maintenir la confusion et le mystère autour de moi et donc ne pas donner d'informations. Alors, tu peux être tranquille, mon bon ami, et adieu[133]. J'ai un dîner en ville ce soir, et je dois aller m'habiller rapidement. »

---

[126] régime alimentaire = une diète = a diet
[127] prendre du poids = regain weight
[128] redevenir = become again
[129] actuellement = maintenant ; actually = en fait
[130] perdu mon ombre = lost my shadow
[131] un pas = a step ; quelques pas = few steps
[132] la vérité = the truth
[133] adieu = goodbye

- « Je pensais que tu étais désireux de te reposer ! »
- « C'est vrai mais j'ai des obligations sociales auxquelles je ne peux pas échapper. Le repos va commencer demain. »
- « Et où est ton dîner ? »
- « À l'ambassade d'Angleterre. »

CHAPITRE IV

LE MYSTÉRIEUX VOYAGEUR

La veille, j'ai envoyé mon automobile à Rouen par la route. Je dois la rejoindre en train et, à partir de là, aller chez des amis qui habitent les bords de la Seine.

À Paris, quelques minutes avant le départ, sept messieurs entrent dans mon compartiment ; cinq fument. Le voyage est rapide, mais l'idée de le faire avec une telle[1] compagnie est très déplaisante[2] pour moi. Je prends donc mon manteau[3] et mes journaux, et je vais en direction d'un des compartiments voisins.

Une dame est là. Au moment où elle me voit, je remarque qu'elle fait un geste de contrariété. Elle est en train de parler à un monsieur à

---

[1] une telle / un tel = such a
[2] déplaisant = unpleasant
[3] mon manteau = my coat

une porte du train, son mari[4] sans doute, qui l'accompagne à la gare. Ce monsieur m'examine du regard et son analyse se termine probablement par une bonne opinion de moi, car il dit quelque chose à sa femme avec un sourire et semble la rassurer de la même manière qu'on rassure un enfant qui a peur. Elle sourit aussi, et me regarde amicalement. Il semble qu'elle comprend soudainement que je suis un de ces gentlemans avec qui une femme peut rester confinée durant deux heures, dans un petit compartiment, sans aucun risque.

Son mari lui dit :

- « Désolé, ma chérie, mais j'ai un rendez-vous urgent, je ne peux pas attendre plus longtemps. »

Il l'embrasse affectueusement, et s'en va. Sa femme lui envoie par la fenêtre de petits baisers[5] discrets.

Le train commence sa route.

À ce moment précis, et malgré les protestations des employés, la porte s'ouvre et un homme entre soudainement dans notre compartiment. Ma compagne est surprise et crie de terreur.

Je ne suis pas lâche[6], mais j'avoue que ces irruptions à la dernière minute sont toujours déplaisantes. Elles sont bizarres et suspectes.

L'apparence de cet homme fraîchement arrivé et sa bonne attitude atténuent cependant cette mauvaise première impression produite par son acte. Il est élégant et semble courtois. Il porte une belle cravate, un beau costume, un visage énergique... Mais, **au fait**[7], j'ai l'impression

---

[4] son mari = her husband
[5] un baiser = un bisou = a kiss
[6] lâche = coward
[7] au fait = by the way

d'avoir déjà vu ce visage. J'en suis même sûr. Je réfléchis mais en même temps, je sens l'inutilité de mon effort de mémoire car ce souvenir était inconsistant et vague.

Mais, je fixe mon attention sur la dame et je suis très surpris de voir **à quel point**[8] elle est pâle, ses traits révélant une grande panique. Elle regarde son voisin (ils sont assis du même côté) avec une expression de réelle terreur, et j'observe que sa main, tremblante, se déplace doucement vers son petit sac de voyage posé sur le siège voisin, à vingt centimètres de distance. Elle hésite et finalement le saisit pour le rapprocher contre elle.

Nos yeux se rencontrent[9], et je peux lire dans **les siens**[10] le grand malaise et l'anxiété. Je ne peux m'empêcher[11] de lui demander :

- « Êtes-vous souffrante, madame ?... Dois-je ouvrir cette fenêtre ? »

Sans me répondre, elle désigne d'un geste craintif[12] l'individu. Je lui fais un sourire similaire à celui qu'a fait son mari pour la rassurer et je lui explique par signes discrets qu'il n'y a aucun danger, que je suis là, et que vraiment ce monsieur semble bien inoffensif.

À cet instant, l'homme se tourne vers nous et nous regarde l'un après l'autre, il nous considère des pieds à la tête, puis reprend une position confortable et ne bouge[13] plus.

---

[8] à quel point = to what extent
[9] nos yeux se rencontrent = our eyes meet
[10] dans les siens = in hers
[11] m'empêcher = stop me
[12] craintif = peureux = fearful
[13] bouger = to move

Un long silence commence, mais la dame semble assembler toute son énergie pour articuler avec une voix **à peine**[14] intelligible :

- « Vous savez qu'il est dans notre train ? »
- « Qui ? »
- « Mais lui… lui… je vous assure. »
- « Qui, lui ? »
- « Arsène Lupin ! »

Ses yeux ne quittent pas le voyageur, et c'est directement à lui plutôt qu'à moi qu'elle s'adresse lorsqu'elle prononce ce nom.

Il met son chapeau sur son visage. Est-ce pour masquer ses émotions, ou simplement pour dormir ?

Je fais cette objection :

- « Arsène Lupin a été condamné hier, malgré son absence au jugement, à vingt ans de travaux forcés[15]. Il est donc peu probable qu'il commette aujourd'hui l'imprudence d'apparaître en public. De plus, les journaux ont signalé sa présence en Turquie, cet hiver, après sa fameuse évasion de la Santé. »
- « Il est ici » répète la dame, avec l'intention de plus en plus marquée d'être entendue de notre compagnon, mon mari est sous-directeur aux services pénitentiaires, et c'est le commissaire de la gare lui-même qui nous a dit qu'Arsène Lupin est recherché dans le secteur. »
- « Ce n'est pas une raison… »
- « Il a pris un billet de première classe pour Rouen. »

---

[14] à peine = barely
[15] travaux forcés = forced labour

- « Et ils ne l'ont pas capturé ? »
- « Il a disparu. Le contrôleur, à l'entrée, ne l'a pas vu, mais on suppose qu'il a utilisé un chemin[16] peu fréquenté, et qu'il est monté dans l'express qui partait 10 minutes après nous. »
- « Dans ce cas, on l'a probablement attrapé. »
- « Et si, au dernier moment, il était descendu de cet express pour venir ici, dans notre train ? C'est très probable… j'en suis persuadée ! »
- « Dans ce cas, c'est ici qu'il sera capturé. Les employés et les agents ont sûrement observé son passage d'un train à l'autre, et, lorsque nous arriverons à Rouen, il sera arrêté. »
- « Lui, jamais ! Il va trouver la manière de s'échapper encore. »
- « Dans ce cas, je lui souhaite[17] un bon voyage. »
- « Mais pendant le voyage, il pourrait faire beaucoup de choses ! »
- « Quoi ? »
- « Je ne sais pas moi ! Mais tout est possible ! »

Elle est très agitée, et c'est vrai que la situation justifie, à un certain point, cette excitation nerveuse.

Presque malgré moi, je lui dis :

- « Il y a, en effet, des coïncidences curieuses… Mais tranquillisez-vous. Si Arsène Lupin est dans un de ces wagons, il va rester prudent, je ne pense pas qu'il souhaite attirer de nouveaux problèmes. »

---

[16] un chemin = a path
[17] souhaiter = to wish

Mes paroles[18] ne la rassurent pas. Cependant elle ne dit rien, certainement par discrétion.

Moi, j'ouvre mes journaux et commence à lire les articles sur le jugement d'Arsène Lupin. Comme il n'y a rien de nouveau, cela ne m'intéresse pas vraiment. De plus, je suis fatigué, j'ai mal dormi, je sens ma tête s'incliner, peu à peu, et que je vais m'endormir.

- « Mais, monsieur, vous n'allez pas dormir ! »

La dame saisit mes journaux et me regarde avec indignation.

- « Il est évident que non » je réponds, « je n'ai **pas du tout**[19] le désir de dormir. »
- « Ce serait très imprudent » me dit-elle.

Et je combats énergiquement l'envie de dormir, je regarde le paysage[20] et les nuages[21] dans le ciel. Et bientôt, toutes ces images se confondent dans mon esprit et dans l'espace, dans un profond silence, je m'endors.

Des rêves[22] inconsistants et tranquilles m'accompagnent. Une certaine personne, nommée Arsène Lupin, y est présente.

Il porte sur son dos des tonnes d'objets précieux, traverse les murs et vole des châteaux entiers.

Mais la silhouette de cette personne, qui est maintenant une autre personne qu'Arsène Lupin, se précise. Il s'avance dans ma direction,

---

[18] parole = word
[19] pas du tout = not at all
[20] le paysage = the landscape
[21] un nuage = a cloud
[22] un rêve = a dream

devient de plus en plus grand, se déplace dans le wagon avec une exceptionnelle agilité, et tombe sur mon buste.

Une douleur… un cri. Je me réveille. L'homme, le voyageur, un genou[23] sur mon buste, m'attrape par le cou.

Je vois tout cela très vaguement, car mes yeux sont injectés de sang[24]. Je vois aussi la dame en convulsions de panique dans un coin. Je n'essaye même pas de résister. D'ailleurs[25], je n'en ai pas la force : je suis comme paralysé, je suffoque… j'essaye de crier… une minute encore… et c'est l'asphyxie.

L'homme le sent. Il relâche[26] mon cou pour que je puisse respirer. Il m'attache les mains avec une corde. En un instant, je suis réduit au silence et immobilisé.

Et il accomplit ce travail de la manière la plus naturelle du monde, avec une facilité qui révèle l'expérience d'un maître, d'un professionnel du vol et du crime. Pas un mot, pas un mouvement fébrile. Du sang-froid et de l'audace. Et je me trouve là, attaché comme une momie[27], moi, Arsène Lupin !

Vraiment, c'est trop drôle. Et, malgré la gravité des circonstances, j'apprécie ce que la situation a d'ironique et de délicieux. Arsène Lupin roulé[28] comme un novice ! Volé si facilement (car, naturellement, le bandit me prend mon argent et mon portefeuille !) Arsène Lupin, cette fois, victime, dupé[29], vaincu[30]… Quelle aventure !

---

[23] un genou = a knee
[24] le sang = the blood
[25] d'ailleurs = moreover
[26] relâcher = to release ; lâcher = let go
[27] une momie = a mumy
[28] roulé = fooled

La dame est là. Il ne la regarde pas. Il prend juste les bijoux et le portefeuille qui sont dans son petit sac. La dame est effrayée et totalement immobile. Elle ouvre un œil, retire ses bagues[31] et les donne à l'homme comme si elle souhaitait lui économiser[32] des efforts inutiles. Il prend les bagues et la regarde : elle s'évanouit[33].

Alors, restant silencieux et tranquille, il ne fait plus attention à nous. Il retourne à sa place, fume une cigarette et examine les trésors qu'il a volés, il semble entièrement satisfait.

Je suis beaucoup moins satisfait. Je ne parle pas des 12 000 francs qu'il m'a volés : c'est un dommage que j'accepte juste temporairement mais que j'ai certainement l'intention de récupérer. Je suis frustré à cause des papiers très importants qui sont dans mon portefeuille : projets, documents, adresses, listes de correspondants, lettres compromettantes. Mais, pour le moment, un problème encore plus immédiat et plus sérieux me préoccupe : Que va-t-il se passer ?

J'imagine facilement que ma présence dans la gare Saint-Lazare et dans le train ont causé une grande agitation. Je suis invité chez des amis que je fréquente sous le nom de Guillaume Berlat, et pour qui, ma ressemblance avec Arsène Lupin est un sujet de blagues affectueuses, mais je n'ai pas pu me déguiser et ma présence a été signalée. De plus, on a vu un homme courir de l'express jusqu'à mon train. Il semble évident que cet homme est Arsène Lupin. Donc, fatalement, le commissaire de police de Rouen, alerté par télégramme,

---

[29] dupé = duped
[30] vaincu = vanquished / defeated
[31] une bague = a ring
[32] économiser = to save energy / to save money (depend du context)
[33] s'évanouir = to faint / pass out

et assisté d'agents, attend sûrement à l'arrivée du train. Il va questionner les voyageurs suspects, et conduire une inspection méticuleuse dans les wagons.

Tout cela est normal, je l'ai planifié, et ce n'est pas un problème car je suis certain que la police de Rouen ne va pas être plus perspicace que celle de Paris. Je suis capable de passer inaperçu[34] – je dois simplement, à la sortie, montrer négligemment ma carte de député, comme je l'ai fait pour le contrôleur de Saint-Lazare. Cependant, les choses ont beaucoup changé ! Je ne suis plus libre. Impossible d'essayer un de mes stratagèmes classiques. Dans un des wagons, le commissaire va trouver Arsène Lupin, pieds et mains attachés avec un corde, docile comme un agneau[35], offert comme un cadeau de Noël[36] !

Comment pourrais-je m'échapper de cette terrible situation ?

Le train avance rapidement en direction de Rouen, la prochaine[37] station…

---

[34] inaperçu = go unnoticed
[35] docile comme un agneau = as docile as a lamb
[36] offert comme un cadeau de Noël = offered as a Christmas gift
[37] prochaine = next

FIN DE LA PARTIE 1

Bravo pour la lecture de ce livre et pour ta progression en français !
Si tu souhaites continuer en lisant la partie 2, tu peux me contacter par email : frederic.de.choulot@gmail.com

J'espère que tu as aimé et j'aimerais connaître ton opinion par commentaire sur Amazon avec ce lien :
https://bit.ly/amazoncommentairelupin

LES AUTRES ADAPTATIONS DISPONIBLES :

https://amzn.to/3jwSZ9j

- Les Trois Mousquetaires, d'Alexandre Dumas, partie 1
- Les Fourberies de Scapin, de Molière, complet
- Arsène Lupin, de Maurice Leblanc, partie 1 et 2
- Le Comte de Monte-Cristo, d'Alexandre Dumas, partie 1
- Les Misérables, de Victor Hugo, partie 1
- Candide, de Voltaire, partie 1
- Madame Bovary, de Gustave Flaubert, partie 1
- Bel-Ami, Guy de Maupassant, partie 1
- Biographie de Napoléon, partie 1
- Les Liaisons dangereuses, Choderlos de Laclos, partie 1

Made in the USA
Columbia, SC
17 April 2022